Arena-Taschenbuch
Band 1975

Margot Berger,
1949 geboren, begann ihre Journalistenlaufbahn als Redakteurin
bei großen Tageszeitungen und Frauenzeitschriften.
Seit 1980 ist sie selbstständige Journalistin und Buchautorin in Hamburg.
Sie arbeitet für Entwicklungsredaktionen von Verlagen
(Fachgebiete u. a. Umwelt, Tiere). Als begeisterte Reiterin
schreibt sie auch für Pferdezeitschriften
und Jugend-Tiermagazine.

»Reiterhof Birkenhain«:
»Aufregung im Stall« (Band 1 der Reihe, Arena-Taschenbuch 1970)
»Großer Auftritt für Sally« (Band 2, Arena-Taschenbuch 1971)
»SOS – Pferd verschwunden« (Band 3, Arena-Taschenbuch 1972)
»Ein starkes Team« (Band 4, Arena-Taschenbuch 1973)
»Sturmnacht am Meer« (Band 5, Arena-Taschenbuch 1974)

Margot Berger

REITERHOF BIRKENHAIN

Rettung in letzter Minute

Arena

In neuer Rechtschreibung

1. Auflage 1999 als Originalausgabe
im Arena-Taschenbuchprogramm

Umschlagillustration: Marlis Scharff-Kniemeyer
Gesamtherstellung: Westermann Druck Zwickau GmbH
ISSN 0518-4002
ISBN 3-401-01975-9

Inhalt

1. Kapitel

Sieben Tage Regenwetter

»Wenn es nicht bald aufhört zu regnen«, sagte Kai Jensen und zog seine gewachste Jacke noch weiter über den Kopf, »dann könnt ihr bei uns den Jugendschwimmschein machen, aber bestimmt kein Reiterabzeichen.«
Der Stallbesitzer des Reiterhofs Birkenhain stand neben zwei durchnässten Kapuzenjacken auf dem Erdwall, der seine Wiesen vom Flüsschen Lottbach trennte. Düster starrte er in das gurgelnde Wasser unter sich. Und auf seine Stiefel, die vor Nässe quietschten, wenn er die Füße darin bewegte.
Sturzbäche waren das, richtige Sturzbäche, die vom Himmel herunterkamen.
»Als ob jemand da oben vergessen hätte, den Wasserhahn zuzudrehen ... «, ertönte es unter der gelben Kapuze neben ihm.
» ... und das mitten im August.«
Die Ergänzung kam aus der blauen Kapuze, die jetzt ein

wenig angehoben wurde. Kastanienrotes Haar wurde sichtbar, das zu Jule Ahrend gehörte. Die Zwölfjährige drehte sich um, vorsichtig, um den Regen nicht ins Gesicht zu bekommen.
»Tut mir Leid, Mäuschen«, rief Jule zur Weide hinüber, wo ihr Lieblingsschulpferd die Nase ins Gras steckte. »Es geht schon wieder zurück in den Stall.«
Mäuschen, so nannte Jule die braune Hannoveraner Stute, die eigentlich Sally hieß und die einträchtig mit den schwarzen Friesen Ankum und Brinkum graste. Die Pferde schienen sich wohl zu fühlen. Obwohl sie vor Nässe trieften, als hätte man sie aus der Waschmaschine gezogen.
»Vielleicht waren sie in ihrem ersten Leben Seepferdchen?«, grinste Conny und angelte ihren Führstrick aus der Jackentasche, um die Pferde zu holen.
Wie Jule verbrachte die weizenblonde Conny den Rest der Sommerferien in Jensens Reitschule, die fast vor ihrer Haustür in Großmoorstedt lag, am Rande von Hamburg.
Erst vor einer halben Stunde, in einer überraschenden Regenpause, hatten sie die drei Pferde heute Morgen auf die Weide gebracht. Damit sie mal etwas anderes sahen als Reithalle, Reithalle und Reithalle. Aber nun war die Trockenphase schon wieder vorbei. Dabei war es erst kurz vor neun.
»Die Fjordpferde sollten doch auch nach draußen, aber das kann man wohl vergessen«, stellte Conny fest.

Herr Jensen nickte mit einem Gesicht, als ob er in eine Zitrone gebissen hätte.
»Wenn das so weitergeht, ist hier bald Land unter. Der Fluss geht ja schon fast bis an die Oberkante. Eine Überschwemmung ist genau das, was mir dieses Jahr noch fehlt.«
Conny und Jule wechselten einen raschen Blick. Sah Herr Jensen wieder zu schwarz? Und wenn – verübeln konnte man es ihm nicht. Was hatte er diesen Sommer nicht schon alles wegstecken müssen! Seinen schweren Unfall, ein verschwundenes Pferd, einen fast brennenden Heuboden ...
Bloß nicht davon reden! Das würde seine Laune garantiert verschlechtern. Die Mädchen blieben hinter ihm, als sie sich mit den Pferden auf den Weg zum Stall machten.
Der Regen prasselte den Mädchen auf die Kapuzen und lief in ihre Stiefelschäfte und in die Jackenärmel, weil sie die Hände zum Führen anheben mussten.
»So geht das jetzt seit vier Tagen«, stöhnte Jule und zog Sally weiter. »Vier Tage! Ohne Unterbrechung.«
Das bedeutete für die Pferde des Reiterhofs: Boxenarrest. Nicht weil die Pferde wasserscheu waren. Im Gegenteil – sie liebten Regen. Aber die Hufe zertraten die nassen Wiesen und die Graswurzeln gingen ein. Die Weiden verwandelten sich unter dem Pferdegewicht in Schlammwüsten.
»Den Rest der Weiden macht mir dieses Mistvieh kaputt.«

Mitten im strömenden Regen blieb der Stallbesitzer stehen. Ärgerlich blickte er aus dem Schutz seiner hochgezogenen Jacke über die Wiesen, die sich an den Reiterhof anschlossen.
»Seht euch das an!«
Jensens triefender, blonder Haarschopf deutete auf die Maulwurfshügel, von denen die Weiden übersät waren. Der Friese Ankum sah in rührender Eintracht mit dem Chef in die gleiche Richtung.
»Hunderte von Hügeln sind das«, schimpfte Jensen. »Wo ein Maulwurf gräbt, da wächst nichts mehr. Dann haben wir bald überhaupt kein Gras mehr für die Pferde. Und der Kerl hat nichts anderes im Kopf als graben, graben, graben. Dieser . . . «
Kai Jensen besann sich, schluckte ein Schimpfwort hinunter und sagte nur: » . . . dieser Grabowski.«
Er machte ein Gesicht wie sieben Tage Regenwetter, obwohl es erst seit vier Tagen goss.
»Herr Jensen, Sie dürfen ihm nichts tun.«
Conny, genannt Mücke, beeilte sich ihren Reitlehrer einzuholen.
Kai Jensen warf Conny einen Blick zu, der nichts Gutes verhieß, was Grabowski betraf.
Ihren Spitznamen Mücke hatte Conny weg, weil sie eine überzeugte Tierschützerin war. Nicht dem winzigsten Lebewesen konnte sie etwas antun. Sogar Mücken, Raupen und Spinnen fanden in ihr eine Schutzpatronin.
»Keine Panik, Mücke«, flüsterte Jule aus ihrer Kapuze.

»Mein Vater jagt unseren Maulwurf im Garten schon seit Ostern und kriegt ihn auch nicht. Bleib cool.«
Herr Jensen war schon ein Stück voraus, aber man konnte ihn noch knurren hören: »Wenn ich den erwische . . . «
Dann stapfte er mit Ankum über den schweren Sandweg zum Hof hinauf. Jetzt wollte er erst mal frühstücken.

»Na, ihr Regenwürmer, habt ihr euch nasse Füße geholt?«
Bastian konnte sich eine kleine Stichelei nicht verkneifen, als seine Reiterfreundinnen tropfend in der Stallgasse erschienen. Die Kapuzen flogen herunter und Conny und Jule schüttelten ihre Haare zurecht.
»Du hast es nötig.« Jule lachte. »Wasserscheu wie eine Katze und dann noch lästern. Hättest lieber ein Foto von Sally auf der nassen Wiese machen sollen, statt schlaue Sprüche abzusondern.«
Der hoch aufgeschossene 14-Jährige hob seine Reitweste an und klopfte auf die Kamera, die darunter hing. »Schon erledigt, Regenwurm.«
»Glück gehabt.« Jule stupste Bastian im Vorbeigehen mit dem Ellenbogen an und schob sich mit Sally vorsichtig an ihm vorbei. Der Boden war rutschig. Alles im Stall wirkte klamm. Die Reiter trugen mit ihren Stiefeln und Jacken immer neue Feuchtigkeit herein, da konnte man noch so oft wischen. Selbst das Lederzeug der Pferde

war aufgequollen, die Riemen ließen sich nur noch mit Mühe verschnallen.
Nachdem die drei nassen Pferde abgerubbelt waren und wieder im trockenen Stroh standen, gesellten Conny und Jule sich zu Bastian, der seinen alten Pferdefreund King Louis in der Stallgasse zum Putzen angebunden hatte.
Jule kraulte dessen Nasenrücken. »Na, was meinst du, King Louis, bekommen wir Hochwasser?«
Der hellbraune Wallach, Boss der Herde, schien einen siebten Sinn für Krisen zu haben. Wenn auf dem Reiterhof etwas im Busch war, beobachtete er stundenlang die Stallgasse und ließ niemanden aus den Augen.
Der Hellbraune spitzte die Ohren und sah aufmerksam an Jule vorbei. Sie drehte sich um. Wen hatte der King erspäht?
Eine Feuerwehruniform tauchte am Ende der Stallgasse auf. Schwere Stiefel dröhnten über den Boden. Eilig zogen die Pferde die Köpfe zurück, die sie neugierig durch die Stäbe gesteckt hatten. Die schwarze Uniform mit den Leuchtstreifen und dem gelben Helm war ihnen unheimlich. Sogar King Louis machte einen Schritt zur Seite.
»Wo brennt's denn?«, fragte Jule und wollte sich ausschütten vor Lachen über ihren Scherz. »Habt ihr bei Regen keinen Zwangsurlaub, Benno?«
»Sehr witzig, Jule Ahrend«, sagte der Feuerwehrmann und gab ihr eine freundschaftliche Kopfnuss. Benno war

ein guter Bekannter im Stall. Der Friese Brinkum gehörte ihm. In Uniform tauchte Benno jedoch normalerweise nicht hier auf.
Er schüttelte den Kopf.
»Von wegen Urlaub. Was glaubst du, wie viele Keller wir seit Tagen auspumpen? In der Umgebung des Lottbachs steht alles unter Wasser.«
»Dann hat Herr Jensen am Ende doch Recht?« Jule ließ sich auf einen Strohballen fallen. »Dass hier bald Land unter ist?«
Der Feuerwehrmann kratzte sich an der Schläfe, genauer gesagt am Helm.
»Der Lottbach steigt zu schnell. Das hatten wir noch nie. Es war ein Fehler, dass sie das Flussbett begradigt haben. Außerdem – letztes Jahr gab es ja noch die Wiesen.«
Benno meinte die Überschwemmungswiesen auf der anderen Seite des Lottbachs. Wenn das Flüsschen in den Jahren zuvor über die Ufer trat, lief das Wasser ins Gras, versickerte dort und nichts passierte. Nun war das Grün verschwunden, asphaltiert für Parkplätze.
Wütend ballte Conny die Faust.
»Ich weiß. Mein Vater, also seine Umweltgruppe, die wollte verhindern, dass da gebaut wird.«
Sie zuckte die Achseln. »Hat aber nicht geklappt, weil dieser Makler Markmann . . . «
Warum die Umweltgruppe gescheitert war, erfuhren die anderen nicht. Denn in diesem Moment passierten zwei Dinge gleichzeitig: Bennos Handy klingelte und

ein zehnjähriges Mädchen fegte mit wehenden schwarzen Haaren in die Stallgasse, beide Hände in ihre linke Seite gepresst. Es war Luisa Steffen, ihre gemeinsame Reiterfreundin.
Offensichtlich wollte sie schnell etwas loswerden, aber ihr Atem rasselte dermaßen, dass sie kein Wort herausbrachte.
»Seitenstiche«, presste Luisa schließlich zwischen zwei Atemzügen hervor. Und dann: »Der Fluss . . . er läuft über . . . auf der anderen Seite . . . wo sie bauen wollen.«
Jule tippte sich an die Stirn. »Du spinnst. Wir kommen gerade von der Wiese. Da war nichts zu sehen.«
Ungeduldig trat Luisa von einem Fuß auf den anderen. »Ja, weil da der Wall ist. Aber auf der anderen Seite ist keine Böschung mehr . . . «
Benno schaltete sein Handy ab. »Schlechte Nachrichten. Am anderen Lottbach-Ufer ist alles überschwemmt. Die Keller sind schon voll gelaufen.«
»Seht ihr!«, triumphierte Luisa.
Benno drehte sich um. »Wo ist Kai Jensen? Wir müssen das Ufer sichern. Auf dieser Seite des Lottbachs.«
Erschrocken stöhnte Conny auf, weil sie sich schon die Folgen ausmalte. »Wenn das Wasser steigt, kann es dann bis in den Stall kommen?«
Benno wiegte den Kopf.
»Bis in die Boxen sogar?« Luisa sah ihn bange an. »Was wird dann mit den Pferden? Sag doch, Benno!«

Sie ging zur Box von Flecken-Paula hinüber, ihrem Lieblingspferd. Liebevoll tätschelte sie den Hals der Knabstrupper-Stute. Als ob sie durch sofortiges Schmusen die Gefahr bannen könnte. Paula schnaubte zufrieden und rieb ihre Nase an Luisas nasser Jacke.
Ole und Kalle, die Fjordies, scharrten mit den Hufen. Sie wollten auch gekrault werden.
»Schaltet mal kurz euren gesunden Menschenverstand ein«, sagte Jule, die meistens auf dem Teppich blieb. »Wir haben doch kürzlich an der Nordsee einen Orkan überstanden, ohne dass die Deiche gebrochen sind. Und die Nordsee ist ja wohl gefährlicher als unser lahmer Lottbach.«
»Das große Hochwasser an der Oder war aber auch im Inland«, gab Bastian zu bedenken. »In Brandenburg. Und ihr wisst, wie schlimm das geworden ist.«
»Nun mal bloß nicht gleich den Teufel an die Wand«, wehrte Benno ab.
Mit einem Käsebrötchen und einer halbvollen Kaffeetasse in der Hand stürmte Kai Jensen die Treppe am Ende des Stalls herunter. Er kam direkt aus seiner Wohnung, die unter dem Dach des alten Bauernhauses lag. Sein Frühstück! Typisch! Kein Reiter konnte sich vorstellen, dass der Stallbesitzer in aller Ruhe am gedeckten Tisch saß. Sein Brötchen verdrückte er meistens zwischen Haferkiste und Reithalle. Damit es schneller rutschte, spülte Jensen jeden Bissen mit reichlich Kaffee hinunter. Kein Wunder, dass der Chef so dünn war.

»Für ihn wäre es ideal, wenn man ihn an einen Tropf legte, wie damals im Krankenhaus«, sagte Conny halblaut, »dann müsste er nicht mal mehr schlucken.«
»Verdammte Nässe«, brummte Kai Jensen beim Nähertreten kauend und klopfte Benno zur Begrüßung auf die Schultern. »Wieso kommst du in Uniform? Das verheißt meist nichts Gutes.«
»Hm«, seufzte Benno, dann ging er mit dem Stallbesitzer in die Sattelkammer. Sehr zum Leidwesen der Jugendlichen. Als die beiden wieder herauskamen, machte Herr Jensen ein Gesicht wie zehn Tage Regenwetter. Mindestens zehn.

2. Kapitel

Schlechte Nachrichten

Bennos Mitteilung vermieste Kai Jensen den Augustmorgen endgültig. Was der Feuerwehrmann vorgeschlagen hatte, war keine Kleinigkeit. Sandsäcke sollten auf der Böschung des Lottbachs gestapelt werden. Tausende! Die Feuerwehr wollte vorbeugen. Das war eigentlich eine gute Nachricht. Das schlechte daran: Die Sandsäcke konnten nur über die Pferdewiese transportiert werden. Das bedeutete, dass die Helfer sein Gras völlig zertrampeln würden.
Kai Jensen hatte in der Sattelkammer versucht, die ganze Aktion abzuwehren. Zumal die Fachleute selbst nicht wirklich glaubten, dass der Lottbach noch weiter steigen würde. Aber auf diese Hoffnung durfte sich die Feuerwehr nicht verlassen.
Klar, der Stallbesitzer lechzte nicht danach, dass die schweren Einsatzwagen seine Weiden ruinierten. Völlig grundlos womöglich. Doch Benno konnte Jensen nicht verschonen.

»Wenn nur dein Hof in Gefahr wäre, Kai«, hatte er eingewandt, »dann könnten wir warten. Aber das Hochwasser trifft ja auch deine Nachbarn. Familie Löwe und Dr. Völker, Rühmanns, die Wilkes und so weiter. Den ganzen Birkenweg eben.«
Mit einem Wort: Es gab für Kai Jensen kein Entrinnen vor dem Sandsack. Darum das Gesicht wie zehn Tage Regenwetter, als er wieder auf der Stallgasse erschien.
Gespannt scharten die Mädchen und Bastian sich um den Feuerwehrmann. Stumm lauschte der Besitzer von Birkenhain, als Benno den Einsatzplan erläuterte.
»Reine Vorsichtsmaßnahme«, beruhigte dieser die Umstehenden. »Vielleicht gibt es hier gar kein Hochwasser. Aber wenn doch ... jedenfalls kann dem Reiterhof dann nichts passieren.«
Luisa drängte sich nach vorn.
»Auch nicht, wenn es noch lange so weitergießt?«
Benno ließ sich mit der Antwort Zeit.
»Na ja ... « Er zögerte und warf einen schnellen Blick zu Kai Jensen hinüber. »Wenn das Wasser im Lottbach weiter steigt, dann lösen wir allerdings Alarm aus.«
Eine vorsichtige Pause folgte.
»Katastrophen-Alarm.«
Jensen kippte den letzten Schluck Kaffee hinunter. »Damit ist aber so schnell nicht zu rechnen«, sagte er. Weil Benno schwieg, fragte er misstrauisch: »Oder doch?«
Der Feuerwehrmann machte nicht den Eindruck, als

liebe er im Moment seinen Job. Er starrte zur Balkendecke des Stalls. »Der Katastrophenstab sitzt ständig zusammen. Wenn es sein muss, wird der Alarm auch nachts ausgelöst. Ehrlich gesagt, ich rechne damit, dass es morgen so weit ist.«

Morgen! Schon morgen.

Katastrophen-Alarm.

Wie das klang! Furcht einflößend. Die Mädchen bekamen eine Gänsehaut. Andererseits – hörte sich das nicht gleichzeitig nach aufregender Action an?

Im Nu war die Stallgasse von lautem Stimmengewirr erfüllt.

»Bringt ihr ein Rettungsboot mit?« – »Dürfen wir helfen?« – »Kann der Maulwurf ertrinken? In seinen Gängen?«

Jeder wollte etwas wissen.

Nur Herr Jensen nicht. Er stand da und sah von den Boxen bis zur Treppe, von der Treppe bis zu den Boxen und wieder zurück. Als ob er seine Stallgasse insgeheim schon in den Fluten versinken sah. Auf seiner Stirn schien in Leuchtbuchstaben das Wort *Ärger* zu stehen. Erst als auf einmal von nebenan lautes Quieken zu hören war, fand Herr Jensen seine Sprache wieder.

»Was ist denn in der Reithalle los?«, stöhnte er und durchquerte gleich darauf mit großen Schritten den Stall, um nach dem Rechten zu sehen. Er war froh, für einen Moment dem unheilvollen Gespräch zu entkommen.

»Wir haben Rocky und Nappo hineingestellt«, rief Conny ihm nach. »Zum Austoben.«
Der schwarze Traberwallach und der Haflinger verstanden sich im Grunde gut, aber manchmal kam in Traber Rocky der Raufbold durch . . .
»Natürlich wieder der Rocky . . . «, hörte man Kai Jensen seufzen. Die Holztür in der Bande knarrte, was darauf hindeutete, dass der Chef in die Halle ging.
Conny rannte ihm nach. Der dunkle Fleck in Nappos Hals sprach eine eindeutige Sprache. Herr Jensen stand neben dem Haflinger und untersuchte die kleine Bissstelle.
Rocky beeilte sich, dem Chef aus den Weg zu gehen und seinen Ich-bin-ein-Unschuldslamm-Blick aufzusetzen. Vorwurfsvoll musterte der Traber die Holzwände. Als ob die Latten für den Beißangriff verantwortlich wären. Erst als Conny auftauchte, veränderte der Schwarze seine Haltung, senkte den Kopf und trabte mit freudigem Schnauben zu ihr hinüber. Sein Lieblingsmensch stand dort!
»Mann, Herr Jensen. Ein bisschen schnappen – das passiert schon mal beim Spielen.« Conny lehnte sich über die Bande und schob dem Pferd unauffällig ein Leckerli ins Maul. »Nicht schimpfen. Rocky hat sich doch so gut eingelebt.«
Jensen stemmte die Hände in die Seiten und sah Rocky nach, wie er kauernd zu Nappo zurückkehrte und ihm hingebungsvoll die Backen leckte.

»Ach so, und deswegen soll ich wohl jubeln, wenn er andere Pferde beißt?«
»Tut er ja gar nicht. Die beiden schmusen doch richtig.«
Ein verrückter Kerl, dieser Traber. Aber Connys Einwand stimmte, da musste der Stallbesitzer ihr Recht geben. Als er Rocky von der Rennbahn gekauft hatte, war dieser ein reines Nervenbündel gewesen. Inzwischen hatte er den Reiterhof Birkenhain als neues Zuhause akzeptiert. Nicht zuletzt dank Connys geduldiger Pflege.
»Trotzdem – ich glaube, dein Rocky hält sich für einen Tiger und nicht für ein Schulpferd«, murmelte Kai Jensen und schloss die Bandentür hinter sich.
Ein kleiner Biss! Wenn das alles war, was in nächster Zeit an Katastrophen über ihn hereinbrach, konnte er heilfroh sein. Benno kam ihm in der Stallgasse entgegen.
»Also, Kai, ich bestelle jetzt die Sandsäcke bei der Einsatz-Leitzentrale. Die Säcke sind fertig gepackt und vernäht.« Er tippte grüßend an seinen Helm. »Ich rufe an und sage dir, wann die kommen. Das geht nachher ganz schnell auf deiner Wiese. Ohne großen Aufwand.«
Nein, ein großer Aufwand wurde es tatsächlich nicht. Es sollte ein *riesengroßer* Aufwand werden.
Denn eins wusste Benno am Morgen noch nicht: An insgesamt acht Stellen in Hamburg drohten kleine Flüsschen und sogar die Alster über die Ufer zu treten. Das Zentrallager der Feuerwehr mit den fertigen Sandsäcken war bereits restlos leer geräumt.

Den ganzen Morgen gab es kein anderes Thema im Stall als das Hochwasser.
Es sah nicht so aus, als ob die Pferde in nächster Zeit nach draußen könnten. Also mussten sie sich drinnen bewegen. Darum wurden sie zum Austoben in die Reithalle gebracht. In Gruppen, die sich vertrugen. Kaum spürten die Pferde die Sägespäne unter den Hufen, buckelten sie los, galoppierten quer durch die Halle, tänzelten auf den Hinterbeinen, warfen sich hin und wälzten sich ausgiebig.
»Man wälzt sich fast in Gedanken mit«, sagte Conny lachend, als sie die Ponys Leo und Popcorn aus der Halle zurück in die Boxen brachte. Die beiden sahen wie panierte Koteletts aus, so fest hafteten die Späne an ihrem Fell.
Natürlich mussten die Pferde nach dem Wälzen geputzt werden. Jeder Helfer war willkommen. Annika und Berit, die gerade pitschnass zur Tür herein kamen, nahmen sich gleich Leo und Popcorn vor. Merle und Sophie kümmerten sich um die Fjordpferde.
Immer mehr Reitermädchen fanden sich nun ein. Nicky und Katharina, Kristin und Karolin, Sarah, Sandra und Saskia, Alex, Franzi und Jette, Marie und Miriam, Nele, Anna und Amelie, Lena, Lisa und Laura. Die große Neuigkeit wurde ihnen noch in der Tür zugerufen: »Gleich rückt die Feuerwehr an.«
Sobald die gröbste Neugier gestillt war, wurden die Putzboxen ausgepackt.

So konzentriert wie an diesem Vormittag waren die Helfer selten mit Striegel und Bürste bei der Sache. Obwohl die Stallgasse von Mädchen wimmelte, war es erstaunlich ruhig. Natürlich wollte man fertig sein, bevor die Sandsäcke eintrafen. Sogar die Gerlach-Zwillinge und Imke Zavelstein, die normalerweise so nützlich waren wie ein verschimmelter Sack Möhren, sah man mit Putzzeug in der Hand.
Bei jedem Telefonklingeln ließen die Helfer wie elektrisiert ihre Bürsten fallen. Benno? Vier oder fünf Mädchen rasten gleichzeitig zum Apparat in der Sattelkammer. Immer gewann Jule den Endspurt. Doch jedes Mal eine Enttäuschung. Nicht Benno war am anderen Ende, sondern nur ein Reiter, der sich an- oder abmelden wollte.
»Nach drei Nieten muss ich jetzt aber mal Glück haben«, keuchte Jule, als sie auch beim vierten Klingeln als Erste am Apparat ankam und den Hörer von der Gabel riss.
»Na endlich!«, rief sie ungeduldig, als Benno sich meldete. Sie schwang sich auf den Deckel der Haferkiste. »Wann kommen die Sandsäcke?« Jules Beine hämmerten ungeduldig gegen das Holz. Ihr rotes Haar wippte im Takt mit.
»Was?«
Sie schob Conny, Luisa und Imke Zavelstein zurück, weil sie fast in den Hörer hineinkrochen. »Ach, du Schande ... Nein, er ist gerade nicht hier ... Der Sand

muss in die Säcke geschaufelt werden? . . . So ein Mist . . . Okay, ich sage es ihm . . . Wann? . . . Ja, alles klar.«

»Volltreffer«, sagte Jule, als sie aufgelegt hatte. »Alle fertig gepackten Sandsäcke sind weg. Gleich kommen Lastwagen mit losem Sand . . . und mit leeren Säcken. Nun ratet mal, wer die füllen darf!«

3. Kapitel

Sandsäcke satt

Im Stall herrschte nach dem Anruf ziemliche Aufregung. Die Nachricht bedeutete nämlich, dass die »Aktion Sandsack« ganz und gar nicht schnell über die Bühne gehen würde.
Wie aufgezogen lief Kai Jensen die Stallgasse hinauf und herunter, immer zwischen Sattelkammer und Ausgang. In der offenen Hoftür verharrte er kurz, starrte in den Regen, auf die Wiesen mit den Maulwurfshügeln, rannte dann zurück und raufte sich die Haare.
»Man sollte ihn aufmuntern«, flüsterte Conny im Schutz von Rockys Rücken ihrer Freundin Jule zu. »Bevor er völlig die Fassung verliert.«
Jule nickte.
»Positiv denken, Herr Jensen«, sagte sie und versperrte ihm keck den Weg. »Haben wir im Psychologie-Kursus gelernt. Es hätte doch viel schlimmer kommen können. Wenn zum Beispiel jetzt Winter wäre. Meine Lehrerin meint immer . . . «

Weiter kam sie nicht, denn Kai fiel ihr ins Wort. »Was soll denn daran positiv sein, wenn meine Wiesen absaufen? Oder von Maulwürfen unterhöhlt werden?«
Er warf Jule einen Blick zu, der sie vorsichtshalber verstummen ließ.
»Schleppt deine Lehrerin vielleicht mit uns Sandsäcke durch die Gegend?« Herr Jensen war richtig in Fahrt gekommen.
»Positiv denken! Wenn ich so etwas höre! Füllt die Frau mit ihren warmen Gedanken auch nur ein Gramm Sand in die Säcke? Na?«
»Die Lastwagen kommen.«
Guter, alter Bastian! Sein Ausruf kam genau zur richtigen Zeit und brachte Herrn Jensen wieder auf den Teppich.
Er klopfte Jule auf die Schulter. »War nicht so gemeint, du kennst mich ja. Nun aber los . . . «
Die Pferde wurden in die Boxen gebracht. Dann bewegten sich rote, gelbe und blaue Regenjacken zum Ausgang hin. Auf dem Hof, wo sonst die Pferde zum Putzen angebunden wurden, stand ein orangefarbener Lastwagen. Der Fahrer beugte sich aus dem Führerhaus und beobachtete die schräg gestellte Ladefläche. Feiner weißer Sand schob sich nach unten und türmte sich neben dem Misthaufen zu einem Berg auf.
Währenddessen fuhr ein kleinerer Lastwagen vor, beladen mit Stapeln von leeren Jutesäcken. Dahinter der rote Einsatzwagen der Großmoorstedter Feuerwehr.

Benno kletterte als Erster heraus und stellte sich neben den Kleinlaster.
»Weiter nach links, weiter, weiter, weiter.«
Er dirigierte die Holzpaletten mit den Säcken, die mit einem kleinen Ladekran abgesetzt wurden.
Acht von Bennos Kollegen – alle trugen schwarze Anzüge mit Leuchtstreifen und gelbe Helme – sprangen aus dem Feuerwehrwagen und bewaffneten sich mit Schaufeln. Im Laufschritt ging es zum Sandberg. Ohne Zeit zu verlieren, begannen die Männer, den nassen Sand in Säcke zu schaufeln.
»Das sind Profis.«
Anerkennend nickte Herr Jensen, der bei den Mädchen im Schutz der Stallgasse verharrte. »Die haben damals beim Oder-Hochwasser geholfen.«
Zu zweit standen die Feuerwehrleute beieinander, die gelben Helme zusammengesteckt. Ein Mann hielt den Sack auf, der andere schaufelte Sand hinein. Ein Verschlussdraht wurde um die Öffnung gedreht und Sandsack für Sandsack wanderte auf die Palette. Mit den Säcken sollte der Wall aufgestockt werden, um die steigenden Fluten zurückzuhalten.
»Ich dachte, wir könnten helfen!« Conny war enttäuscht, dass sie tatenlos zusehen mussten.
»Genau! Acht Mann sind zwar schnell«, stellte Bastian fest. »Aber zwanzig Mann wären ja wohl noch schneller. Ich meine, zwei Männer und sagen wir . . . ein Haufen Mädchen.«

»Höre ich da etwa Frauenfeindlichkeit heraus, Bastian Bachmann?« Jule runzelte in gespielter Empörung die Stirn.

Bastian lachte nur und zog Jule an sich.

Jule wurde rot, die anderen Mädchen kicherten. Es war ein offenes Geheimnis, dass Jule und Bastian sich gern hatten. Jeder wusste aber auch, wie sehr Jule Ahrend es hasste, wenn jemand sie darauf ansprach.

»Ja, wirklich, Herr Jensen«, beeilte sich Jule zu sagen, um von ihrem glühenden Gesicht abzulenken. »Sollen wir nicht draußen mitmachen?«

Kai Jensen meinte, das müsse Benno entscheiden.

Der aber war gerade ein Stück Richtung Lottbach hinuntergegangen. Es gab noch einiges zu klären. Konnte ein Lastwagen die aufgeweichten Wege und Wiesen überhaupt befahren? Würde er nicht gleich stecken bleiben?

Benno prüfte den Boden und stapfte durch den strömenden Regen zum Stall zurück. Von weitem leuchtete die Schrift »Wehrführer« auf dem weißen Schulterlatz seiner Jacke. Beim Rest der Truppe war der Schulterlatz rot.

»Wird nichts mit dem Lkw«, rief Benno über den Hof. »Der sackt sofort weg. Es hilft nichts – wir müssen die Sandsäcke mit Schubkarren an den Lottbach fahren.«

Mit hochgezogener Jacke ging Kai Jensen ihm entgegen. Die beiden Männer berieten sich, schließlich verschwanden sie kurz im Schuppen. Mit langen Brettern unter dem Arm kamen sie daraus zurück.

»Die bauen Stege für die Schubkarren«, erkannte Conny, als Benno und Herr Jensen die Bretter auf dem Matschweg auslegten und Steine darunterschoben.
Voller Ungeduld warteten die verhinderten Helfer am Ende der Stallgasse, bis die Männer endlich zurückkamen.
»Wie sieht es aus?« Benno baute sich vor den jungen Reitern auf. »Wollt ihr euch nicht endlich Schaufeln holen und bei den Säcken helfen?«
Das ließen sie sich nicht zweimal sagen.
»Endlich!«
»Wir retten den Stall!«
Mit lautem Gebrüll stürmten die Mädchen durch die Stallgasse zum Abstellraum für die Geräte.
Erschrocken über das plötzliche Geschrei sprangen die Pferde zurück in die hintersten Ecken ihrer Boxen.
»Spinnt ihr jetzt komplett?«, bellte Herr Jensen hinterher. »Hört sofort mit dem Gejohle auf. Das fehlte noch, dass meine Pferde gegen die Wände springen und sich die Beine lahm schlagen.«

Wenig später ging es richtig rund auf dem Hof. Fast waren es zu viele Helfer, die sich zwischen Sandberg und leeren Säcken drängten.
Gegen Mittag lagen ungefähr tausend Sandsäcke bereit. Die Schubkarren des Reiterhofs wurden herbeigeholt, insgesamt fünf. Die Feuerwehr hatte vier dabei. Zwei Stallkarren schieden aus, weil die Räder wackelten.

Bei Jules erstem Versuch stellte sich heraus, dass die Mädchen zum Schieben nicht infrage kamen. Mehr als zwei Sandsäcke konnten sie unmöglich in der Karre anheben und schieben, denn diese hatten ein Gewicht von über 40 Kilo.

Die Männer schafften fünf Säcke, hätten auch noch mehr bewältigt. Aber beim Test mit sechs Säcken brach die Radaufhängung einer Schubkarre. Zum Glück erschien genau zum richtigen Zeitpunkt Herr Löwe, ein Mann wie ein Kleiderschrank, der neben dem Reiterhof am Birkenweg wohnte. Dankwart Löwe war berühmt für seine Handwerkskünste.

Er sah sich den Schaden an, murmelte »Das haben wir gleich«, holte Werkzeug aus seinem Haus, setzte sich mit den drei kaputten Schubkarren in die Stallgasse und brachte sie wieder zum Laufen.

Etwas später kam noch der Humanmediziner, der neben Löwes wohnte. Über Mittag blieb seine Praxis geschlossen. »Humanmediziner« bedeutete Menschenarzt und genau das war Dr. Völker.

Er hatte die Sandsack-Aktion von der Straße aus gesehen. Als erste Hilfe brachte er einen Karton Energiedrinks mit. Außerdem einen Spaten. Dr. Völker krempelte die Ärmel hoch und packte ohne langes Gerede mit an. Er fürchtete, dass sein Keller voll laufen könnte, und freute sich über den Einsatz der Feuerwehr.

Alle paar Minuten unterbrach der Mediziner die Arbeit, um seine beschlagene Brille zu putzen.

»Lassen Sie das Ding doch runter«, sagte Conny, bückte sich nach einem neuen Jutesack und hielt die Öffnung für Dr. Völker auseinander.
Er lachte und schob das Gestell wieder auf die Nase. »Geht nicht. Ohne bin ich blind wie ein Maulwurf.«
Der Maulwurf! In der Aufregung hatte Conny ihn fast vergessen. Wie er wohl mit dem Regen fertig wurde? Conny blinzelte zu Dr. Völker hoch und sogleich lief Regen in ihre Kapuze. Sie machte eine Kopfbewegung zu den Wiesen mit den Maulwurfshügeln hin.
»Wissen Sie, ob Maulwürfe schwimmen können?«, flüsterte sie mit einem Seitenblick auf Herrn Jensen. »Ich meine, wenn Wasser in ihre Gänge kommt?«
»Keine Ahnung. Aber unter der Erde können sie dann sowieso nicht bleiben. Sie werden rauskriechen und flüchten.« Dr. Völker schippte weiter Sand in den Sack.
»Aber wohin? Die können doch nichts sehen . . . «
Conny hoffte, dass Grabowski nicht halbblind durch die Gegend tapste und dabei Herrn Jensen vor die Füße lief.

Niemand dachte an eine Pause. Obwohl jedes Mädchen trotz wasserdichter Jacke nach zwei Stunden nass bis auf die Haut war, weil der Regen beim Arbeiten in Ärmel und Kragen lief. Aber es war warm und beim Sandschippen kam man so ins Schwitzen, dass man die Nässe kaum spürte.
Wehrführer Benno kannte sich jedoch mit »Zivilisten« aus, die sich überschätzten.

Am frühen Nachmittag schickte er die Mädchen nach Hause. Zum Umziehen, Ausruhen und Essen. Das heißt, er jagte sie fast davon. Nur widerstrebend ließen sie sich vom Sandhaufen vertreiben.

Wie klug seine Anordnung war, sahen die Mädchen auf dem Nachhauseweg aber doch ein. Sie konnten kaum die Lenker ihrer Fahrräder halten, so sehr zitterten ihnen die Arme.

Als sie zurückkamen, war von der Feuerwehr bereits die erste Lage Sandsäcke auf den Wall am Lottbach geschichtet worden.

Sieben der Reitermädchen hatten von ihren Eltern Schipp-Verbot bekommen. Wegen Erschöpfung. Außerdem die Gerlach-Zwillinge und Imke Zavelstein, deren Privatpferde im Stall standen. Wie zehn Häufchen Elend standen diese Mädchen im strömenden Regen und mussten tatenlos zusehen.

Inzwischen wurde der Sandhaufen umringt von Neugierigen, die nur mal gucken wollten.

Wie ein Lauffeuer hatte sich die Nachricht vom drohenden Hochwasser verbreitet. Nachdem der Hamburg-Sender 99,3 im Radio darüber berichtet hatte, kamen am Nachmittag mit der U-Bahn Schaulustige, sogar aus der Hamburger City. Freitags war früh Büroschluss. Man sah ihnen an: Sie hofften, in Großmoorstedt eine nette, kleine Katastrophe zu erleben. Live.

Als immer mehr Menschen auf dem Hof eintrafen und im Weg standen, wurde es Benno zu bunt. Er schnappte

sich acht Schaufeln und stiefelte zu einer Gruppe von Zuschauern.
»Hier«, sagte er und drückte den zurückweichenden Menschen die Stiele in die Hände. »Vom Herumstehen werden die Säcke nicht voll. Machen Sie sich hier lieber nützlich.«
Die Leute sahen ihn so entgeistert an, als hätte er ihnen vorgeschlagen, einen Tunnel durch die Erde bis nach Australien zu graben. Komisch, wie eilig sie es plötzlich hatten! Ganz dringend mussten sie weg, hatten wichtige Dinge zu erledigen. Auf einmal war der Hof wie leer gefegt.
Grimmig schaute Benno den flüchtenden Zuschauern nach.
»Typisch!«, schimpfte er. »Bloß nicht arbeiten! Dabei könnten wir gut noch ein paar Helfer gebrauchen. Meine Männer müssten auch mal Pause machen.«
Daraus schien aber erst einmal nichts zu werden.

4. Kapitel

Schaufel-Tickets

»Ich habe eine Idee«, verkündete Imke Zavelstein kurz darauf. Sie flüsterte mit den Gerlach-Zwillingen und Dina-Dorothee sagte: »Genau.«
»Können wir die Schaufeln haben und den großen Stall-Schirm?«, fragte Imke Herrn Jensen.
»Und den Campingtisch aus dem Schuppen?«, fügte Dina-Dorothee hinzu.
»Wozu das denn?«
»Überraschung, Herr Jensen.«
»Meinetwegen, aber macht mir keinen Mist, Mädchen.«
Bei Herrn Jensen schrillten die Alarmglocken im Kopf, wenn diese drei Zwölfjährigen aktiv wurden.
Von den Gerlach-Zwillingen und Imke Zavelstein war normalerweise wenig Gutes zu erwarten. Mia-Mathilde, Dina-Dorothee und Imke spielten sich gern auf. Die drei wurden im Stall nur »Nervis« genannt, weil sie jeden zur Weißglut bringen konnten. Andererseits

musste Jensen zugeben: Wenn es ernst wurde, dann waren sie hilfsbereit.

Trotzdem …

Mit gemischten Gefühlen sah er den Zwillingen und Imke nach, wie sie die Sachen zum Birkenweg hochschleppten. Auch die schaufelnden Mädchen sahen argwöhnisch auf, arbeiteten dann aber weiter. Man durfte keine Zeit verlieren.

Seltsam. Seit die drei zum Birkenweg hochgegangen waren, kamen keine Neugierige mehr auf den Hof.

»Wahrscheinlich wirkten die Nervis wie Vogelscheuchen«, lästerte Jule. Sie platzte fast vor Neugierde.

Was mochten die da oben treiben? Die führten doch etwas im Schilde! Wer stellte sich bei einem Wolkenbruch freiwillig an die Straße?

Aber darüber konnte Jule sich nicht länger den Kopf zerbrechen, denn Bastian fragte: »Willst du weiter Löcher in die Sandsäcke starren oder machst du wieder mit?«

Nach einiger Zeit kam ein unbekanntes Paar den Weg zum Hof herunter, in der Hand zwei von Jensens Schaufeln.

Die beiden ließen sich einen Platz zum Füllen der Säcke zeigen und fingen gleich an.

Benno freute sich. Endlich konnte er zwei aus seiner Truppe zum Ausruhen in den Einsatzwagen schicken.

Wenige Minuten später erschienen zwei weitere Freiwillige, später noch mehr. Weil aber alle mit sich und

der Arbeit beschäftigt waren, hielt sich die Verwunderung in Grenzen.
Erst als der achte Helfer glücklich sagte: »Danke, dass es noch klappt mit dem Schippen. Ich hatte schon Angst, dass die Schaufeln ausgingen«, wurde Kai Jensen hellhörig und hielt Ausschau nach seinen Reitermädchen am Birkenweg. Er sah die drei hinter seinem Campingtisch am Rande der schmalen Straße stehen.
Herr Jensen rief Imke zu sich und stellte sie zur Rede. »Was treibt ihr da oben?«
Imke musste berichten. Ihre Idee war so gut, dass Jule sich vor Wut auf die Lippen biss. Warum, zum Teufel, war ihr das nicht selber eingefallen? Schließlich hatte sie gerade das Buch *Tom Sawyers Abenteuer* gelesen! Darin war ja haarklein beschrieben, wie man Leute überlistete.
Was war passiert?
Die Nervis hatten jeden neuen Schaulustigen am Birkenweg abgefangen.
» . . . dann haben wir denen gesagt, dass es haufenweise Freiwillige gibt. Jede Menge. Dass die Leute sich darum reißen würden, bei uns zu helfen. Und dass wir Berechtigungs-Karten vergeben müssen, um die Sache in den Griff zu bekommen.«
Imke kramte einen Schreibblock aus der Regenjacke.
Darauf hatte sie geschrieben: »Hochwasser-Eintritt-Schein. Berechtigt zum einmaligen Helfen. Von . . . Uhr bis . . . Uhr. Gebühr: eine Stunde zehn Mark.«

»Was? Ihr habt auch noch Geld dafür genommen? Dass die Leute hier unten arbeiten?«
»Arbeiten *dürfen*, Herr Jensen. *Dürfen.*«
Imke zeigte auf den Block. »Da tragen wir die Uhrzeit ein. Wer länger will, muss nachbezahlen.«
Stolz zog sie sieben Geldscheine aus der Jacke und wedelte damit im Regen herum. »Man muss den Menschen die Sachen schmackhaft machen, sagt mein Vater. Sie müssen denken, dass sie eine richtige Beute machen. Sagt mein Vater.«
Vater Zavelstein schien sehr geschäftstüchtig zu sein, das ließ sich nicht leugnen.
Man sah dem Stallbesitzer an, dass er drauf und dran war, den Helfern ihr Geld zurückzugeben.
Doch Bastian zog Imke blitzschnell die nassen Scheine aus der Hand. »Dafür kaufen wir Möhren, Herr Jensen. Wo die Pferde doch jetzt so wenig Gras bekommen.«
Jensen warf einen abschätzenden Blick auf die bezahlten Helfer, die zufrieden im Sand wühlten, und sagte: »Einverstanden.«
»Warum habt ihr eigentlich nur 70 Mark kassiert? Es sind doch acht Mann«, wollte Jule wissen. »Schaufelt da etwa einer umsonst?«
»Einer hatte kein Geld dabei.« Imke suchte in ihrer Jackentasche. »Wir haben uns breitschlagen lassen, das hier zu nehmen . . . «
Sie kramte zwei zerdrückte Tüten Gummibärchen und drei Päckchen Kaugummi hervor.

Kai Jensen zog die Augenbrauen hoch. »Teilen. Aber etwas plötzlich!«

Man hätte die Mietschaufel-Aktion der Nervis als Ausnahme-Erfolg hinnehmen und abhaken können.
Wenn nicht wenig später ein Wagen des NDR-Fernsehens vorgefahren wäre, um Aufnahmen vom Feuerwehr-Einsatz zu machen. Im Grunde war es gut, dass das Hochwasser ins Fernsehen kam, um auf das Problem des begradigten Flusses hinzuweisen. Schlecht war, dass die Nervis mit ihrem Trick ebenfalls groß herauskamen. Und, was noch schlimmer war – die Gerlach-Zwillinge und Imke Zavelstein wurden als einzige Helfer in Großaufnahme für die Abendsendung gefilmt.
Ärgerlich fanden das die anderen Mädchen, zu ärgerlich.
»Einmal haben die eine gute Idee«, schimpfte Jule, »und schon sind sie die großen Stars. Das ist einfach ungerecht.«
Schließlich drückten sich die Nervis sonst vor jeder Arbeit. Die Abendsendung des NDR guckten sich alle zusammen auf Jensens Uralt-Apparat an. Die meisten fuhren anschließend durch den Regen, der unvermindert anhielt, nach Hause. Nur die Feuerwehr und der »harte Helfer-Kern« blieben im Stall.
Kurz nach dem Film klingelte das Telefon in der Sattelkammer. Kai Jensen nahm ab, winkte dann Jule, Conny und Luisa heran und stellte auf Mithören.

Es war Henning Harms!
Auf seinem Hof an der Nordsee hatten die Mädchen und Herr Jensen kürzlich Reiterferien verbracht. Mit den Harms-Drillingen Rita, Rike und Ronja waren sie seitdem dick befreundet. Henning Harms hatte im Fernsehen die Sendung über den Reiterhof Birkenhain gesehen und spontan zum Hörer gegriffen. »Mach bloß einen Notfallplan für die Pferde, Kai«, beschwor er seinen Kollegen. Als Küstenbewohner besaß er reichlich Erfahrung mit Hochwasser. »Zwanzig Pferde unterzubringen, das ist kein Pappenstiel.«
Im Hintergrund hörte man ungeduldiges Murmeln bei Harms'. Schließlich übertönten laute Mädchenrufe die Stimme des Vaters.
»Waren das im Film eure Nervis?«
»Was macht Santana?«
Ein Indianergeheul erhob sich auf der Stallgasse. Die Drillinge!
»Santana geht es klasse«, schrie Luisa. Die braune Stute hatte Herr Jensen von Harms gekauft.
»Wann kommt ihr endlich nach Hamburg?«, brüllte Jule in Richtung Hörer.
»Soll mir das Trommelfell platzen?«, fragte Herr Jensen und rieb sein Ohr. »Ruhe jetzt oder ich stelle wieder auf leise.«
Er ließ den Lautsprecher aber doch an.
So hörten die Mädchen, dass Herr Harms morgen beruflich nach Hamburg käme. Er schlug Kai Jensen

vor, die Fjordpferde Kalle und Ole vorübergehend mit nach Westerdeich zu nehmen. »Die verstanden sich doch so gut mit unseren Fjordies«, sagte Harms. »Und du musst zwei Pferde weniger in Sicherheit bringen, Kai.«

5. Kapitel

»Ho, ho, ho – unser Feind ist H_2O!«

» . . . und was macht Herr Jensen nun? Schickt er die Fjordpferde an die Nordsee oder nicht?«
Hilla Steffen goss Luisa, ihrer Enkelin, einen Becher Milch ein. Sie ließ es sich nie nehmen, mit ihrer Enkelin zu frühstücken, auch wenn die schon morgens um sieben in den Stall wollte wie am heutigen Samstag. »Gestern Abend konnte ich ja nicht mehr viel aus dir herausbekommen. Sandschaufeln macht müde, was?«
Luisa gähnte zur Bestätigung und zog den Frühstückskorb mit aufgebackenen, duftenden Brötchen zu sich heran.
»Das kann man wohl sagen.«
Sie schnitt ein Brötchen durch und bestrich die Hälften mit Nuss-Nugat-Creme. Luisa dachte an die Arbeit, die heute vor ihr lag, und bediente sich ein zweites Mal aus dem Glas.
»Klar, Herr Harms soll die Fjordies mitnehmen«, ant-

wortete sie und häufte die Creme zu einem Berg an. »Mensch, Oma, es ist so klasse, dass die Drillinge kommen. Endlich kann ich denen Flecken-Paula zeigen. Blöd ist nur . . . « – Luisa unterbrach den Satz, um in das knusprige Brötchen zu beißen – » . . . dass sie gleich wieder zurückmüssen.«
Das dunkelhaarige Mädchen reckte sich, um einen Blick durch die Gardine nach draußen zu erhaschen.
»Regnet es immer noch, Oma?«
Hilla Steffen ging zum Fenster und zog die Gardine zur Seite.
»Junge, Junge«, seufzte sie. »Als ob jemand den Stöpsel aus der Badewanne gezogen hätte. Es schüttet nur so.«
Mit dem Ärmel wischte sich Luisa die Krümel vom Mund und schob ihren Stuhl zurück.
»Heute gibt es vielleicht Katastrophen-Alarm. Alles an einem Tag. Die Drillinge kommen, die Fjordies gehen und noch Katastrophen-Alarm. Warum verteilt sich so etwas nicht besser?«
Oma Hilla lächelte und zuckte die Schultern. »Keine Ahnung, Luisa. Komm, zieh dir etwas über, ich fahre dich rasch zum Stall. Mit dem Rad hat das heute keinen Sinn.«

Kai Jensens gern vorgetragene Bauernweisheit »Mehr als regnen kann es nicht« erwies sich als falsch.
Es konnte mehr als regnen.
Das, was an diesem Samstagmorgen herunterkam, war

kein normaler Regen mehr. Da öffneten sich himmlische Schleusen, von deren Vorhandensein man bisher nichts geahnt hatte.
Der Pegel des Flüsschens Lottbach, den man inzwischen mit gutem Gewissen *Fluss* nennen konnte, stand nun knapp unter der Oberkante der Böschung.
Eine graue Wolkenmasse wölbte sich über Großmoorstedt, drohte düster und undurchdringlich, während auf Birkenhain schon frühmorgens wieder Sandsäcke gefüllt und zum Ufer des Lottbachs gekarrt wurden.
Über dem Reiterhof lag schwer und muffig der Geruch von nasser Jute.
Ein Gewimmel von Feuerwehruniformen, Kapuzenjacken und Schubkarren bestimmte das Bild des Reiterhofs.
In all dem Chaos durfte natürlich der Reitunterricht nicht vergessen werden. Es war Samstag und das war der Tag des größten Ansturms.
Während man am Lottbach das Hochwasser abwehrte, lief in der Reithalle der Unterricht weiter, als sei nichts geschehen.
So brechend voll war es sonst allerdings nicht. Fast musste man Ampeln aufstellen, um Zusammenstöße der Pferde zu verhindern. Normalerweise ritten viele Reiter samstags ins Gelände. Aber bei dem aufgeweichten Boden? Unmöglich!
Glücklicherweise konnte Axel Rakete den Reitunterricht übernehmen. Jensens Reitlehrer-Assistent war von

seinem Kurzurlaub zurückgekommen, nachdem er an der Ostsee die Fernsehsendung gesehen hatte.
Axel wusste Bescheid, dass Henning Harms im Laufe des Vormittags kommen würde, um die Fjordpferde Ole und Kalle mitzunehmen.
»Vergiss bloß nicht, uns zu rufen, wenn die Drillinge da sind, Axel«, hatte Luisa ihm eingeschärft, bevor sie zum Helfen zu den anderen gegangen war.
Aber diese Vorsichtsmaßnahme wäre gar nicht nötig gewesen. Natürlich waren Rita, Rike und Ronja nicht blöd und wussten, wo sie ihre Freundinnen suchen mussten.
Gegen zehn Uhr stürmten die Drillinge über die Bretterstege zum Lottbach hinunter. Drei Dreizehnjährige mit kinnlangem, braunem Haar, das in nassen Strähnen unter den Kapuzen hervorlugte. Vater Harms kam gar nicht so schnell hinterher.
Mit großem Hallo begrüßten sich die sechs Mädchen.
Bastian machte sich gleich aus dem Staub. Sechs Mädchen auf einem Haufen – nein, das war entschieden zu viel.
»Irgendwie scheint ein geheimnisvoller Hochwasserzauber über uns zu liegen«, flachste Rita, »zuerst bei uns an der Nordsee und nun hier ... «
»Jetzt können wir euch nicht mal die Pferde zeigen«, jammerte Luisa. »Die sind alle im Unterricht.«
» ... aber vielleicht den berühmten Bastian?«, fragte Ronja. »Wo steckt der denn?«
Jule sah sich um und grinste. »Verschwunden. Der hat

sich sicher in einen Sandsack verkrochen. Mädchen im Rudel hält er nicht aus, sagt er immer.«

»Dieser Feigling«, lachte Ronja. »Na, warte, Bastian. Wir kommen ja wieder. Und dann haben wir reichlich Zeit – ihr hoffentlich auch.«

Herr Harms winkte den Mädchen zu. Dann drängte er sich zwischen den Helfern hindurch zu Kai Jensen. Zusammen stapften sie an der Böschung entlang, aus der Henning Harms einige Erdproben herauskratzte.

»Dieser alberne Wall – der bringt nichts, Kai«, urteilte Harms, als er die Klumpen auf der flachen Hand zerbröselte. »Das ist bloß sandige Erde, sonst nichts. Unser Nordseedeich, der ist aus schwerem Marschboden. Der Deich hält einiges ab. Aber das bisschen Erde hier – das saugt sich voll und lässt dann Wasser durch. Mistkram ist das, Mistkram.«

Er richtete sich auf und wischte die Hände an seiner gelben Öljacke ab.

»Mensch, Kai, ich beneide dich nicht. Morgen früh ist hier Land unter, kannst du mir glauben.«

Jensens Gesicht verdüsterte sich. »Also . . . alle Pferde wegbringen?«

»Zumindest schon mal nach Möglichkeiten zum Unterstellen fragen. Kann sein, dass nur die Wiesen voll laufen.« Henning Harms maß die Strecke bis zum Bauernhof mit den Augen aus.

»Dein Stall liegt ja ziemlich hoch. Vielleicht habt ihr Glück und die Boxen bekommen nichts ab.«

Er gab seinen Drillingen ein Zeichen, sich zu verabschieden.
»Deine Fjordies lade ich auf jeden Fall ein, Kai. Nein, bleib du ruhig hier unten. Das schaffen wir schon allein.«

Das Gespräch mit Henning Harms, dem erfahrenen Deichanwohner, hatte Kai Jensen nicht gerade fröhlich gestimmt. Grantig arbeitete er vor sich hin und verkündete, dass er nicht angesprochen werden wollte, bis der neueste Pegelstand bekannt sei.
Es war am späten Vormittag, gleich nach dem Füttern, als Benno mit den aktuellen Zahlen erschien. Der Wehrführer brachte keine guten Nachrichten mit.
»Fünf Zentimeter«, sagte er. »Fünf Zentimeter steigt der Lottbach jetzt in jeder Stunde. Viel mehr, als sie gestern noch berechnet hatten.«
Es wurde brenzlig.
Herr Jensen war niedergeschlagen. »Das sind ja ungefähr . . . vierzig Zentimeter bis heute Abend. Meine Güte.«
»Also dann«, sagte Benno und versuchte möglichst ruhig auszusehen, »das bedeutet Katastrophen-Alarm.«
Endlich fiel das Wort.
Katastrophen-Alarm.
Jule und Conny hätten gern gejubelt, ein bisschen wenigstens, weil es jetzt noch spannender wurde, aber der Ausdruck in Jensens Gesicht ließ sie schweigen.

Benno rief über Handy alle Freiwilligen zusammen, die er erreichen konnte. Weil Samstag war, sagten viele zu. Kurze Zeit später war das Lottbach-Ufer schwarz vor Menschen. Alle Nachbarn waren da. Natürlich auch Dr. Völker und Dankwart Löwe. Seine Frau, Wilma Löwe, verteilte Getränke. Sie durfte nicht schleppen, weil sie ein Baby erwartete.

Connys Eltern kamen mit ihrer gesamten Umweltgruppe. Nach der letzten Reitstunde reihten sich auch einige erwachsene Reiter ein. Fritz Voß, Steffi Keck und – zum Erstaunen der Mädchen – die zickige Doris Vogel.

Eine lange Reihe wurde gebildet. Die Säcke wanderten zügig von Hand zu Hand, jedenfalls bei den Erwachsenen.

Die Mädchen, es waren mehr als zwanzig, standen sich zu zweit gegenüber und fassten die Sandsäcke an den Enden an. So ließ sich das Gewicht auch für sie bewältigen. Das Weitergeben hielt zwar ein bisschen auf, dafür aber war die Kette dank der Mädchen »lang und leistungsfähig«, wie Wehrführer Benno anerkennend bemerkte.

Aber wie die Arbeit in die Knochen ging! Die Arme, noch schwer vom Schaufeln, wurden lahm und lahmer. Immer schleppender ging es voran, nicht nur bei den Mädchen.

Was jetzt gebraucht wurde, war etwas zum Muntermachen.

Dr. Völkers Energiedrinks waren längst weggeputzt. Wo war ein Wundermittel?
Da hatten zwei Feuerwehrmänner, Achim und Bruno Weiß, den zündenden Einfall.
Die großen, schwarzhaarigen Brüder wurden nur A. Weiß und B. Weiß genannt, um sie von den anderen zwei Achims und drei Brunos bei der Feuerwehr zu unterscheiden. A. und B. Weiß erinnerten sich, wie sie sich bei der Überschwemmung an der Oder wach gehalten hatten – mit einem gemeinsamen Schlachtruf.
Und den stimmten sie jetzt an.
»Ho, ho, ho – unser Feind ist H_2O.«
H_2O ist die chemische Formel für Wasser. Das wussten schon die Jüngsten und darum riefen sie begeistert mit. A. Weiß nahm seinen gelben Helm ab und dirigierte damit den Chor der Wasser-Bekämpfer.
»Ho, ho, ho – unser Feind ist H_2O«, schallte es entlang dem Lottbach.
Und: »Ho, ho, ho – unser Feind ist H_2O . . . «, dröhnte es, als ein Lkw mehr Sand brachte und ein zweiter neue Säcke.
»Ho, ho, ho . . . «, als die Polizei anrückte, um Schaulustige zu vertreiben, die auf den Sandsäcken herumtrampelten und sie dadurch undicht machten.
»Ho, ho, ho . . . «, klang es trotzig, als die erste Sickerstelle entdeckt wurde und ein dünnes Rinnsal sich durch den aufgeweichten Damm drückte.
Bald waren es drei Lecks, schließlich mehr als zehn.

Immer noch hielten die Helfer an ihrem Schlachtruf fest, aber man hörte bereits leise Verzweiflung durch.
Die ersten Mädchen gaben auf. Sie konnten nicht mehr.
Andere arbeiteten weiter, obwohl sie fast umfielen. Merle und Sophie, Annika und Berit, Alex und Sandra wurden von Benno aus der Menschenkette herausgeholt, als er sah, wie schwer ihnen das Anheben der Arme fiel. Nach und nach folgten weitere Mädchen. Auch Luisa, Conny und Jule, während Bastian länger durchhielt. Aber der war ja auch schon 14.
Nach kurzer Ruhepause reichten die Mädchen Thermosflaschen mit Kaffee herum, Flaschen mit Mineralwasser und Traubenzucker-Würfel.
Schon brach die Dämmerung herein, viel zu früh für einen Abend im August. Aber wegen des verhangenen Himmels verschwand das Licht schnell. Hohe Buchen und Birken am Rande des Lottbachas schluckten den Rest der Helligkeit.
Ab und zu verließ Benno die Gruppe, um die Böschung zu überprüfen. Mit sorgenvollem Gesicht kehrte er jedes Mal zurück.
Als er nach dem dritten Test wieder kam, konnte er sich vor Erschöpfung kaum noch auf den Beinen halten.
»Wir schaffen es nicht.«
Enttäuscht und am Ende seiner Kraft ließ sich Benno auf den Damm aus nassen Säcken fallen.

Seine Feuerwehrkollegen und die anderen Helfer sahen sich fragend an, arbeiteten zögernd weiter und hielten schließlich inne. Es war, als ob Benno das Zeichen gegeben hätte, die Niederlage einzugestehen.

Hatte der Feind H_2O gesiegt?

»Die Böschung hält dem Wasserdruck nicht stand. Selbst wenn wir davor noch hundert Lagen Sandsäcke auftürmen.«

Bennos Stimme klang mutlos. »Der Wall ist voll gesogen wie ein Schwamm. Daher auch die vielen Lecks.«

Sie mussten sich geschlagen geben.

Einer nach dem anderen legte seinen letzten Sandsack auf dem Damm ab. Es wirkte feierlich, fast wie bei einem Abschied.

Abschied von diesem Teil Großmoorstedts, der bald im Wasser versinken würde.

Alles war umsonst gewesen. Die ganze Anstrengung – vergebens.

Auf Sandsäcken und Schubkarren, auf Brettern und Zaunstreben hockten die Helfer, die Köpfe gesenkt. Der Regen lief ihnen über die Gesichter, bei einigen Männern aus der Umweltgruppe mischten sich heimliche Tränen darunter.

Hätte der Regen nicht für eine Geräusch-Kulisse gesorgt, wäre es beängstigend still gewesen. Jeder hing seinen sorgenvollen Gedanken nach. Es war höchste Zeit, eine neue Lösung für den Schutz von Tieren, Haus und Hof zu finden.

In die Stille hinein sagte Jule: »Wenn das Wasser überläuft, bringe ich mein Surfbrett mit.«
Ihr Kommentar, flapsig wie alles, was Jule von sich gab, war zur Aufmunterung gedacht. Er kam aber nicht gut an.

6. Kapitel

Freie Boxen gesucht

Es war unrealistisch gewesen, zu hoffen, dass der Wasserstand des Lottbachs über Nacht fallen würde. Alles sprach dagegen.
Trotzdem verlor Kai Jensen fast die Fassung, als er am Sonntagmorgen aus seiner Stalltür lugte und einen braunen See erblickte, wo einmal seine Wiese gewesen war.
Erst als King Louis mit leisem Schnauben auf sich aufmerksam machte, löste Jensen seinen Blick von dem überschwemmten Stück Land.
»Keine Angst, Alter«, seufzte er, ging zu seinem Herdenboss hinüber und kraulte ihm den braunen Nasenrücken. »Dich bringen wir in Sicherheit, bevor das verdammte Wasser hier ist. Die anderen natürlich auch.«
Drei Stunden Schlaf hatte sich der Stallbesitzer gegönnt, mehr nicht. Wie lange hatte er gestern noch mit der Feuerwehr zusammengesessen? Bis Mitternacht? Mindestens. Neue Pläne waren geschmiedet worden.

Der feuerrote Einsatzwagen der Feuerwehr stand unverändert unten auf dem Hof, wohin die Fluten noch nicht reichten. Der Stromgenerator ratterte. Nachts war der Lichtmast mit den beiden Flutlichtstrahlern herausgekurbelt worden. Zweimal tausend Watt tauchten den Lottbach in helles Halogen-Licht. Auch jetzt noch.
Wie die Finger eines Außerirdischen, dachte Jensen unwillkürlich.
Geistesabwesend bückte er sich nach dem maunzenden Stallkater und setzte ihn auf seine Schulter. Dort schnurrte Blaumann am liebsten.
Das Dröhnen des Strom-Erzeugers drang nervtötend laut bis in den Stall herauf. Seltsam, heute Nacht war ihm das überhaupt nicht aufgefallen. Ein Beweis dafür, wie bleischwer sein Schlaf gewesen sein musste.
King Louis machte fremde Geräusche auf der Stallgasse aus und beobachtete die knarrende Eingangstür. Besuch, noch vor dem Füttern?
Ein etwa 50-jähriger Mann kam herein. In der Tür zog er gewohnheitsmäßig den Kopf ein, denn mit seinen fast zwei Metern stieß er sonst gegen den Rahmen.
Es war der Tierarzt, Dr. Theo Teichmüller.
»Ein Sauwetter, wirklich!«, rief er Kai Jensen zu und schüttelte sich wie ein nasser Hund, als er näher kam. »Ich komme gerade von einer Kolik. Da wollte ich mal reingucken. Hab von eurem Hochwasser gehört. Wie schlimm ist es denn?«
Blaumann sah ärgerlich auf und machte einen Buckel.

Wenn er etwas nicht leiden konnte, dann Menschen, die mit Tropfen um sich werfen. Der Kater hasste Wasser. Genauso wie den Geruch von Tierärzten. Mit einem eleganten Satz flüchtete er auf einen Strohballen und verzog sich danach auf den Heuboden. Da oben war die Katzenwelt noch heil und trocken.

Die beiden Männer gaben sich die Hand. Jensen stieß wortlos die Tür ins Freie auf.

»Lieber Himmel!«, sagte Dr. Teichmüller und setzte seine beschlagene Brille zum Putzen ab. »Was habt ihr mit den Pferden vor?«

»Wir kümmern uns heute um Boxen auf anderen Höfen. Für alle Fälle.«

Dr. Teichmüller nickte. »Wenn irgendwas für die Pferde benötigt wird – ihr wisst, wo ich zu finden bin. Und falls ihr noch einen Hänger braucht, könnt ihr meinen haben.«

Nach dem Füttern setzte sich Kai Jensen mit einem Becher Kaffee und einem Block auf den Strohballen vor King Louis' Box und stellte einen Notfall-Plan auf. Welche Reiterhöfe, Bauern und privaten Pferdehalter kamen als Ausweichquartier in Frage?

Natürlich hätte er am liebsten alle Pferde in einem einzigen Stall untergebracht. Aber das war unmöglich. Wer baute schon seinen Stall auf Zuwachs? Für den Fall, dass bei Jensens Hochwasser herrschte? Für mehr als zwei oder drei Pferde würde kaum jemand Platz haben. Jensen hoffte immer noch darauf, dass die Wassermassen nicht bis in den Stall drangen. Trotzdem – er musste Vorsorge treffen.

Als die Mädchen gegen neun Uhr eintrafen, hatte er zehn Adressen aufgeschrieben, dort angerufen und bereits sieben wieder streichen müssen. Kein Platz! Blieben noch drei.

Leider waren auch im Reiterverein am Lottbacher Teich, der am nächsten und günstigsten lag, alle Boxen belegt. Aber Ingrid Reet, die Vorsitzende, wollte Himmel und Hölle in Bewegung setzen, um eine Lösung zu finden. Sie würde sich melden, sobald ihr das gelungen war.

Die Gerlach-Zwillinge brachten die gute Nachricht mit, dass sie für ihre eigenen Pferde Nordlicht und Godewind freie Boxen bei Freunden gefunden hatten.

Imke Zavelsteins Wallach Deichgraf sollte für einige Tage in die Tierklinik gebracht werden. Das war ohnehin schon länger geplant. Der Braune lahmte ständig und Theo Teichmüller wollte ihn dort röntgen lassen.

Jule kam auf die Idee mit dem Schmied Eberhard Kubelik.

»Kubi hat doch einen Riesenhof in Schleswig-Holstein. Ein paar Behelfsboxen kann er bestimmt einrichten.«

Sofort hängte sich Kai Jensen ans Telefon und erwischte Eberhard Kubelik gerade noch in der Haustür, auf dem Weg zu Kunden.

»Das vergesse ich dir nie, Kubi«, sagte Jensen, bevor er auflegte.
»Heißt das, er nimmt Pferde von uns?«, fragte Jule gespannt.
»Ja, drei kann er unterstellen. Klasse.«
Mit dem Kugelschreiber fuhr Herr Jensen an den Pferdenamen auf seiner Liste entlang. »Hm. Die müssen natürlich zueinander passen. Hat keinen Sinn, wenn ich drei Streithähne zusammenstelle. Okay – Cherie, Santana und Fuchsi.«
Kurz darauf meldete sich Harry, der Strohbauer aus Seedorf. Der Schmied hatte ihn informiert. Harry wollte die Pferde Turbo und Lotta abholen, »sobald bei euch das Wasser in die Stallgasse läuft.«
Zwei Ponyställe sagten am Telefon zu, ein oder zwei Pferde aufzunehmen.
Alle fünf Minuten schoss Kai Jensen durch die Stallgasse zur Hoftür. Einmal, weil er einfach keine Geduld zum Stillsitzen hatte, zum anderen, weil er den Wasserstand beobachten wollte. Am Vormittag standen die Fluten bereits auf der zweiten Wiese. Zwischen dem Wasser und dem Stallgebäude lagen jetzt nur noch der Sand-Paddock, der Misthaufen und der gepflasterte Hof.
Wenn das so rasant weiterging, hatte er morgen an der Stelle, wo er jetzt stand, nasse Füße. Bei der Vorstellung verdüsterte sich Jensens Gesicht. Noch mehr, wenn er daran dachte, dass immer noch Unterstellmöglichkeiten für neun Pferde fehlten.

Wenn man der Überschwemmung überhaupt etwas Gutes abgewinnen konnte, dann eins: Die Maulwurfshaufen waren in der braunen Brühe verschwunden. Kai Jensen hoffte insgeheim, aber mit schlechtem Gewissen, dass Grabowski mit weggeschwemmt worden war.

Auch die Mädchen hatten keine Ruhe. Immer wieder gingen einige von ihnen auf den Hof, um nach dem Wasser zu sehen. Das heißt, sie schlurften eher. Weil jeder normale Schritt die Knochen schmerzhaft erschütterte.

»Mir tut alles weh«, stöhnte Conny, die neben Luisa im Türrahmen stand. »Als ob ich vom Pferd gefallen wäre. Und zwar auf steinharten Boden.« Vorsichtig reckte sie sich und ließ die Arme kreisen.

»Geht mir genauso«, seufzte Luisa. »Ich hab einen mordsmäßigen Muskelkater von den Sandsäcken.«

Nur Nicky war vergnügt wie selten. Warum? Weil es regnete. Sie hatte nämlich eine Staub-Allergie. Die meisten kannten das rothaarige Mädchen nur niesend und mit einer Anstaltspackung Taschentücher in der Hand. An trockenen Tagen machte Nicky einen großen Bogen um den Stall, in dem es dann besonders staubte. Aber wenn es tagelang regnete, dann atmete sie auf. Ihre Freude über Wolkenbrüche konnten die anderen allerdings selten teilen. Besonders jetzt nicht, wo der Regen solche schlimmen Ausmaße annahm.

Klar, dass Nicky schiefe Blicke erntete, als sie den ganzen Morgen trällerte: »Regen finde ich cool«, zur Melodie von *Leise rieselt der Schnee*. Manchmal sang sie auch lauthals: »Ich-lie-hie-be Regen« nach den Noten von *Ihr Kinderlein kommet*.

Bis Herr Jensen drohte: »Noch ein Ton und du fliegst aus dem Stall.«

Doch dann rief Ingrid Reet an und nach dem Gespräch hellte sich Jensens Miene extrem auf. Nicky bekam die Erlaubnis, ihre Regenlieder weiterhin zu singen. »Bis auf Widerruf«, sagte Herr Jensen.

Was gab es Gutes von Ingrid Reet zu hören? Sie hatte es tatsächlich geschafft, die anderen Vereinsmitglieder zu überreden, die alte Scheune auszuräumen und als Boxen herzurichten. Der einzige Haken: Man brauchte ein paar tüchtige Helfer vom Reiterhof Birkenhain. Ob das ein Problem sei?

Natürlich war es keins. Herr Jensen schickte Bastian, Karo, Lisa und Amelie los. Axel Rakete bot an, die vier mit dem Wagen hinzufahren und ebenfalls mit anzupacken.

Währenddessen hakte Herr Jensen die fünf vorgesehenen Pferde für den Reiterverein Lottbacher Teich ab – King-Louis, Sally, Flecken-Paula, die Friesen Ankum und Brinkum.

»Ach ja, der Ankum.« Herr Jensen schlug sich mit der Hand gegen die Stirn. »Ich sollte wohl Fräulein Mühlberg informieren.«

Ulrike Mühlberg wollte den schönen Friesen kaufen,

sobald sie von Krefeld nach Hamburg umgezogen war. So lange gehörte Ankum noch zur Reitschule.
Bei ihrem letzten Besuch an der Küste hatte die Ankum-Freundin bereits eine Sturmflut mitgemacht. Und jetzt das Hochwasser!
»Gibt es auch mal Sonne in Hamburg?«, wollte sie wissen.
»Gute Frage«, sagte Herr Jensen, aber die Antwort (*Sehr selten!*) behielt er lieber für sich.
Vier Pferde waren schließlich noch übrig.
»Drei davon problemlos – und ein Stinktier«, bemerkte Herr Jensen mit einem schrägen Seitenblick auf Conny. Natürlich meinte er wieder ihren Liebling Rocky! Denn Nappo, Leo und Popcorn konnten kein Wässerchen trüben.
Um Rocky sorgte sich Kai Jensen wirklich. Nicht nur, weil er so gern raufte. Schlimmer war, dass der Traber am meisten von allen Pferden ein festes Zuhause brauchte. Wer wusste, ob er bei einem Stallwechsel nicht in Panik geriet?
Bei allen Reitställen der Umgebung hatte man angefragt. Keine Chance mehr auf freie Boxen.
»Notfalls hole ich Rocky in unseren Garten«, sagte Conny und das meinte sie ganz ernst. Sie stellte sich schon vor, neben Rocky im Garten zu sitzen, direkt unter den Apfelbäumen . . .
Apfelbäume?
»Ich hab's.«

Conny sprang von ihrem Strohballen auf. Beim Stichwort Apfelbaum war ihr etwas eingefallen. Die prächtige Apfelbaum-Allee im Museumsdorf von Großmoorstedt.
In dem Freilichtmuseum gab es zwar keinen Stall, aber einen langen Unterstand für Pferde. Direkt neben der historischen Schmiede. Sogar eine Weide war da, auf der früher die Ponys des Museumswartes gestanden hatten.
Herr Jensen war Feuer und Flamme für die Idee. Leider ging im Museum niemand ans Telefon, als er anrief.
»Dann fahren wir eben hin«, entschied Conny, »und fragen.«
Luisa wollte mit, trotz des Regens. Nass war man in diesen Tagen sowieso immer. Da kam es auf etwas mehr Feuchtigkeit auch nicht mehr an. Und die Anlage war ja nur knapp zehn Minuten entfernt.
Herr Jensen lief den Mädchen zum Fahrradständer nach und steckte Conny sein Handy zu. »Falls Rückfragen nötig sind.«

Der große Dorfplatz der Freiluftanlage mit dem blanken Kopfsteinpflaster glänzte vor Nässe.
»Niemand zu sehen«, stellte Conny fest und lehnte ihr Rad an die dicke Eiche in der Mitte. Wo sonst Heerscharen von Besuchern umherschlenderten, herrschte gähnende Leere.
»Wer will sich schon bei dem Wetter alte Bauernhäuser

angucken?«, sagte Luisa und zog sich die Kapuze tiefer in die Stirn.

»Lass uns mal zum Lottbach gehen und gucken, ob der hier auch verrückt spielt.«

Das Großmoorstedter Flüsschen schlängelte sich entlang des Museumsdorfes. In diesem Teil war es aber noch sehr schmal. Die beiden Mädchen gingen zum Ufer und sahen zufrieden, dass hier keine Gefahr drohte.

Nach zeitraubendem Hin- und Herlaufen – sie suchten in der Getreidemühle, im Dorfkrug und in der Schmiede – fanden Conny und Luisa den Museumswart schließlich im alten Habichtshof, wo er am Fenster saß und hölzerne Backtröge ausbesserte. Er hörte sich die Hochwasser-Tragödie an und nickte dann bedächtig.

»Da muss man ja wohl helfen.«

Genau wie die Mädchen dachte er an den Unterstand, den er mit Brettern und Stangen behelfsmäßig herrichten konnte.

»Stroh für die Einstreu und Futter muss mir aber Herr Jensen herüberbringen«, sagte der Museumswart und verstrich sorgfältig die Spachtelmasse in einem Riss. »Das haben wir nicht. Noch etwas ... «

Er drehte sich zur Seite und zeigte aus dem niedrigen Sprossenfenster. »Eure Pferde dürfen keine Hufeisen tragen, wenn sie später auf diese Wiese sollen. Eisenabdrücke hält mein Gras nicht aus.«

»Rocky und Nappo haben keine Hufeisen. Leo auch nicht«, sagte Conny schnell. »Aber ... Popcorn?«

Über Handy fragte sie bei Kai Jensen nach Popcorns Hufen. Erfolg auf der ganzen Linie – auch die kleine Schimmelstute trug keine Eisen!
»Also abgemacht.« Der Mann wandte sich wieder seinen Holztrögen zu und schmunzelte. »Schön, mal wieder Pferde hier zu haben. Genau genommen ist ein Museumsdorf ohne Tiere nur die Hälfte wert. Habe ich nicht Recht?«

7. Kapitel

Maulwurf in Seenot

»Kofferpacken für die Pferde!«
Kai Jensen legte beide Hände an den Mund und rief das Kommando durch die Stallgasse. Er versuchte der tragischen Lage noch eine lustige Seite abzugewinnen. Immerhin, er konnte kurz aufatmen, denn Notunterkünfte waren jetzt für alle Pferde gefunden. Conny und Luisa hatten soeben die gute Nachricht mitgebracht.
Nun ging es um das Zubehör, das ebenfalls aus dem Stall herausgeschafft werden musste.
»Was müssen wir denn in Sicherheit bringen?« Jule sah sich um.
»Alles«, sagte Herr Jensen und machte mit den Armen eine umfassende Geste. »Alles, alles, alles. Was einmal nass wird, das schimmelt und du kannst es wegwerfen.«
»Auch die Sättel einpacken? Und das Zaumzeug?«
»Nein, viel zu sperrig. Die Sachen nehmen wir im Hän-

ger mit. Aber Putzzeug für jedes Pferd einpacken. Und den Namen des Pferdes auf jeden Karton schreiben.«
Im Vorraum des Heubodens stapelten sich Kartons und Kisten in allen Größen. Warum und wozu, war bisher jedem Reiter unklar gewesen. Kai Jensen neigte dazu, alles zu horten, was man eventuell noch gebrauchen konnte. Klar, dass die Mädchen manchmal darüber lästerten. Aber heute kam Herrn Jensens große Stunde. Die Stunde, in der sich sein Hamstertrieb auszahlte.
In die Schuhschachteln wanderten Striegel, Kardätschen, Wurzelbürsten und Hufkratzer. Außerdem Lederöl, Sattelseife, Huffett, Pinsel und Mähnengummis. Die größeren Kartons nahmen das Werkzeug auf und alle Flaschen, Tuben und Pulver des Apothekerschranks. Für das Fach »Sonstiges« brauchte man zwei Riesenkisten.
Zuerst wollte Conny außer den Pappkartons auch den Katzen-Transportkorb vom Heuboden herunterholen. Aber dann ließ sie ihn doch stehen. Eine weise Entscheidung, wie sich später herausstellen sollte.
Pferdedecken und Reitkappen, Longen und Longierpeitschen, Putzkästen, Mistforken und Besen wurden aus dem Erdgeschoss auf den Dachboden getragen.
Währenddessen schaufelte Kai Jensen die große Futterkiste leer. Hafer und Pellets wurden in wasserdichte blaue Plastiktonnen umgefüllt.
Sobald die Kiste leer war, ruckelte der Stallbesitzer mit Gewalt an den Seitenwänden, aber nichts bewegte sich.

»Kann die nicht stehen bleiben?«, erkundigte sich Jule, die mit drei Putzkästen auf dem Arm vorbeiging. »Was wollen Sie denn damit machen?«
»Hochbocken«, knurrte Herr Jensen. »Auf Steine setzen. Wenn die Haferkiste von unten nass wird, ist sie hin. Der Boden fault mir weg. Los, beweg dich.« Mit aller Kraft stemmte er sich gegen das Holz.
»Mach dich nicht unglücklich, Kai«, sagte Benno, der wie gerufen in der Futterkammer erschien. »Eine falsche Bewegung und du hast den schönsten Hexenschuss.«
Der Feuerwehrmann warf grünes Gummizeug, das er mitgebracht hatte, auf den Boden und packte mit an. Mit vereinten Kräften zerrten die Männer das Futter-Monstrum ein Stück von der Wand weg, aber nicht weit genug.
»Vergiss es«, sagte Benno und richtete sich auf. »Ich hole gleich unser Hebekissen aus dem Einsatzwagen. Das wird mit Pressluft aufgepumpt und unter deine Haferkiste geschoben. Wenn das Ding voll ist, hebt es die Futterkiste von allein an.«
Er langte nach den Gummiteilen neben sich. »Du kannst dir inzwischen mal deine Wiesen am Fluss ansehen. Hier, zieh das über.«
Benno rollte eine riesenhafte grüne Gummihose aus, die unten in fest angesetzte Stiefel überging.
Conny kam näher und nickte. »Ah, eine Wathose. Kenne ich.«
»Woher?« Kai Jensen staunte.

»Mein Vater hat auch eine. Die Naturschützer brauchen die Hosen, wenn sie durch Flüsse waten müssen. Geht ganz hoch, bis unter die Arme.«
»Hier, Mücke, ich hab noch eine, willst du?« Einladend schwenkte der Wehrführer das grüne Ungetüm vor Connys Nase herum.
»Ja, klar«, rief Conny.
Schnell schlüpfte sie hinein, bevor Herr Jensen etwas einwenden konnte. Wer weiß, was sich auf dem Gelände des Reiterhofs tat? Besser, sie ging mit. Vielleicht stolperte Jensen unterwegs über den blinden Maulwurf, der vor dem Wasser flüchtete. Dann wollte sie lieber dabei sein ...
Die anderen Mädchen hielten sich den Bauch vor Lachen, als Conny in ihrer viel zu weiten, grünen Hose hinter Herrn Jensen herstolzierte. Sie hatte rasch noch Bastians kleine Kamera umgehängt.
»Der erste Frosch mit Fotoapparat«, kreischte Imke Zavelstein aus der Dachbodenluke, als sie Conny entdeckte.
Leider fiel Conny keine passende Antwort ein. Darum zog sie es vor, sich nicht umzudrehen und mit erhobenem Kopf hoheitsvoll weiterzuschreiten.
Die Feuerwehrmänner schwärmten gerade mit Eimern und Schaufeln aus, »um verstopfte Abflüsse zu reinigen«, wie sie sagten.
Ihr roter Einsatzwagen war der einzige Lichtblick in dem grauen Unwetter. Wenigstens ein schöner Farbtup-

fer. Man hätte sonst trübsinnig werden können. Besonders, wenn man daran dachte, dass die Holzenden, die aus dem Wasser ragten, die Zaunpfosten waren.
»Mir kommt die Galle hoch«, sagte Herr Jensen auf dem Weg zum Lottbach, als er den ersten Schritt auf seine überflutete Wiese tat, »wenn ich daran denke, dass wir das alles diesem Makler Markmann zu verdanken haben. Kannst deinem Vater ausrichten, bei seiner Unterschriftenaktion, da bin ich als Erster dabei.«
Probeweise wippte er mit der Stiefelspitze im Wasser, um den Boden zu testen.
»Noch geht es«, sagte Kai Jensen, »aber lass das Wasser noch zwei, drei Tage stehen bleiben, dann ist das hier ein einziger Morast.«
Je näher Conny und Kai Jensen zum Lottbach kamen, desto deutlicher verbreiteten die nassen Sandsäcke ihren dumpfen Geruch. Der gestern aufgeschichtete Damm war überflutet. Nur an wenigen Stellen ragten noch ein paar Sandsäcke aus dem Wasser. Und auf einem davon ...
»Der Maulwurf, Herr Jensen, gucken Sie doch! Da drüben, auf dem Sandsack.«
Mit großen Schritten strebte Conny dem Damm zu. Das Wasser schwappte um ihre Knie. Darum kam sie nur im Zeitlupentempo vorwärts. Endlich stand sie vor dem Sandsack und beugte sich herunter. »Oh, ist der süüüß. Wie Rocky in klein.«
Auch ein Hochwasser-Schicksal! Grabowski war aus

seinen überschwemmten Gängen geflohen und hatte sich auf einen Sandsack gerettet. Erschöpft kauerte der schwarze Maulwurf da, die Schaufelpfoten in die Jute gekrallt, den Kopf zwischen den Schultern eingezogen, hilflos blinzelnd. Sein Plüschfell war völlig durchnässt.
»Rocky in klein, du spinnst wohl«, brummte Herr Jensen. Widerwillig gestand er sich ein, dass der Anblick des kleinen Burschen auch ihn rührte.
»Sie tun ihm doch nichts?« Connys Augen weiteten sich ängstlich. »Ich meine, weil Sie wegen der Maulwurfshaufen sauer sind?«
Herr Jensen murmelte etwas Unverständliches. Wer konnte schon an Rache denken, wenn der Feind einem so machtlos ausgeliefert war?
Was tat Herr Jensen also? Er stiefelte durch das Wasser zurück zum Feuerwehrwagen, holte einen Eimer mit Erde und kam damit zurück.
Conny fotografierte inzwischen Grabowski auf dem Sandsack. Mit einem geschickten Griff packte Herr Jensen den Maulwurf und setzte ihn in den Eimer, wo er sich sofort einbuddelte.
»Ich bin zu gut«, schimpfte Jensen mit sich selber, während er den Eimer vorsichtig zum Stall zurücktrug. »Ich bin einfach zu gut.«
Auf dem Hof übergab er Conny den Eimer.
»Bring den Kerl ins Trockene«, sagte er, »aber weit weg von hier. Am besten in euren Garten.«

Während Conny am Sonntagabend ihren Maulwurf im Sandkasten des Kinderspielplatzes aussetzte, wo er sofort das Weite suchte, wurden im Museumsdorf Not-Boxen für die Pferde gebaut.
Dankwart Löwe half kräftig mit. Er hämmerte und sägte bis tief in die Nacht. Dann standen vier Boxen neben der alten Schmiede, die nichts zu wünschen übrig ließen. An den Seiten waren sie zum Schutz gegen Regen geschlossen, vorne offen. Zum Schluss legte Herr Löwe rings um den Unterstand lange Holzbohlen und Sandsäcke aus, die die Feuerwehr vorbeigebracht hatte. So war der Fußboden gegen Nässe geschützt. Die dicke Einstreu aus Stroh blieb nun schön trocken.
In der Scheune, wo Futter und Einstreu für die Schafe, Hühner und Schweine des Museumsdorfes lagerten, wurden zehn Ballen Heu und Stroh untergebracht.
Die Pferde konnten einziehen!

8. Kapitel

Im Schlauchboot unterwegs

Der Misthaufen!

Conny Clasen traute ihren Augen nicht, als sie am Montagmorgen mit dem Fahrrad auf den Hof der Reitschule fuhr.

Der Misthaufen schwamm ihr auf einer gewaltigen Pfütze entgegen, die sich auf den Pflastersteinen gebildet hatte. Conny zog die Beine von den Pedalen hoch, um ihre Hose vor der spritzenden Mistbrühe zu retten.

Da sah sie schon die ganze Bescherung: Das Wasser gluckerte auf dem Sand-Paddock. Also nun auch dort. Ein paar abgenagte Birkenzweige, Pferdeäpfel, ein vergammeltes Stallhalfter und verbeulte Coladosen trieben auf dem flachen Gewässer.

Conny sprang vom Rad und lehnte es an die Stallmauer, als Kai Jensen nach draußen kam.

»Nur eine Frage von Stunden, bis das Wasser in den Stall läuft«, sagte er mutlos und deutete auf den Paddock-See. »Ich dachte, wir würden noch einmal davonkommen. Ist aber nicht so. Heute müssen alle Pferde raus.«

Jensen ging zum Carport neben dem Misthaufen und kletterte auf den Trecker. »Ich muss sehen, dass ich den Mist wegbekomme«, rief er in das Tuckern des Motors und lud mit der Treckerschaufel die erste triefende Ladung auf den bereitstehenden Hänger. »Das gibt sonst eine Riesenschweinerei. Axel bringt schon mal einige Pferde weg.«

Conny machte rasch einen Erkundungsgang durch den Stall. Die Privatpferde waren nicht mehr da. Die Nervis hatten ihre Holsteiner gestern Abend in Sicherheit gebracht.

Die Boxen von Turbo und Lotta waren auch verwaist. Conny schloss daraus, dass die beiden ebenfalls in ihrem neuen Zuhause standen, auf dem Hof von Strohbauer Harry.

So ein halb leerer Stall wirkte direkt unfreundlich, fand Conny. Sie lugte in die Reithalle. Zwei Pferdehänger standen darin. In den vorderen verlud Reitlehrer Axel Rakete soeben King-Louis und Flecken-Paula.

»Bringst du die beiden zum Reiterverein Lottbacher Teich?«, rief Conny ihm zu.

Axel nickte. »Genau. Wenn ich zurückkomme, sind Ankum und Brinkum dran. Und danach Sally.«

Axel klappte die Rampe des Hängers hoch, hängte die Riegel ein und drehte sich noch einmal zu Conny um.

»Bevor ich es vergesse – Theo Teichmüller kommt gleich mit seinem Hänger. Und Benno auch. Für Rocky und die anderen. Fährst du mit dem Rad hinterher?«
Der junge Reitlehrer stieß die Ausgangstür zum Hof auf und zog eine Grimasse. »Dann regt dein Rocky sich vielleicht nicht so auf, das nervöse Hemd.«

Rocky regte sich aber auf.
Kaum hatte ihn Tierarzt Teichmüller kurze Zeit später im Museumsdorf ausgeladen und in seine neue Behausung geführt, raste der Traber darin wie verrückt im Kreis herum. Er rannte ohne Ende. So ausdauernd, dass sich das Stroh an den Wänden hochschob und in der Mitte der Box die Pflastersteine zu sehen waren.
»Meine Güte«, sagte der Museumswart, »hoffentlich gibt sich das noch. Ich weiß nicht, ob ich mit einem hysterischen Pferd fertig werde.«
Beleidigt sah Conny ihn an. »Wer ist hier hysterisch?«
»Normal ist das jedenfalls nicht, oder? Guck dir doch die anderen drei an!«
Der Mann zeigte auf Nappo, Leo und Popcorn. Die Ponys knabberten zufrieden an ihrem Stroh, nachdem sie die Wände beschnuppert und für ungefährlich befunden hatten.
»Mmh«, machte Conny. Auf keinen Fall wollte sie sich auf Diskussionen über den Geisteszustand ihres geliebten Trabers einlassen.
Sie blieb noch ein paar Stunden an Rockys Seite. Am

besten sei es, schlug der Museumswart vor, sie mache sich während des Fütterns um elf aus dem Staub.
»Rocky wäre das erste Pferd der Welt«, meinte er, »das nicht mit einem Trog voller Hafer und Möhren abgelenkt werden könnte.«
Tatsächlich schien der Trick zu klappen.
Conny schwang sich schnell aufs Rad, als Rocky schmatzend seinen Kopf in den Futtertrog steckte. Sie atmete auf.
Hätte sie doch bloß nicht zurückgeschaut! Denn kaum drehte sie sich um, da sah sie, wie Rocky gegen die Tür der Box drängte, den Kopf hochgereckt, als wollte er die Wand durchbrechen. Sein helles Wiehern brach Conny fast das Herz.
»Geh nicht weg«, verstand sie daraus, »lass mich nicht allein.«
»Fahr weiter«, rief der Museumswart Conny zu. »Wenn du jetzt zurückkommst, wird er sich hier nie eingewöhnen, glaube mir. Es ist ja nur für ein paar Tage.«
Conny wusste, dass er Recht hatte.
Entschlossen trat sie in die Pedale, guckte aber immer wieder über die Schulter zurück zu Rocky, der so jämmerlich wieherte. Das Letzte, das sie von ihrem Liebling sah, war ein Stück seines roten Stallhalfters.
Bums, da prallte sie gegen den Zaun des Museumsdorfes. Mit schmerzverzerrten Gesicht rieb sie sich das Schienbein.
Conny hatte Tränen in den Augen, als sie ihr Rad durch

das Tor hinaus auf die Straße schob. Nicht wegen des blauen Flecks, sondern weil ihr Rockys Abschiedswiehern so nahe ging.

Auf dem Weg zurück beruhigte sich Conny ein bisschen. Trotzdem – den Ausdruck in Rockys Augen würde sie so schnell nicht vergessen. Und wäre nicht ein derartiger Tumult auf dem Reiterhof Birkenhain gewesen – wer weiß, ob sie nicht wieder umgedreht hätte und zu Rocky gefahren wäre?
So aber kam Conny gar nicht zum Nachdenken. Ein lärmender Haufen von Reitermädchen empfing sie. Rings um Benno herrschte ein wildes Gedränge, nur sein gelber Helm ragte heraus. Alle wollten dasselbe – im Feuerwehr-Schlauchboot mitfahren, das vor ihnen auf dem Hof lag.
»Schluss, Schluss, Schluss.«
Benno kämpfte sich durch die Gruppe der Mädchen und erklärte die Lage aus sicherer Entfernung.
»Drei von der Feuerwehr müssen ins Boot. Und Kai Jensen. Dann ist nur noch Platz für vier von euch.«
Er zeigte auf das Ende des Stallgebäudes. »Wer zuerst da ist, hat gewonnen.«
»Was ist das hier, eine Game-Show?« Mia-Mathilde Gerlach murrte. Klarer Fall, sie war nicht besonders schnell und konnte sich leicht ausrechnen, dass sie es kaum schaffen würde. Trotzdem drängte sie sich zwischen die anderen Reiter, die sich in einer langen Reihe nebeneinander aufstellten.

Bastian verzichtete. Sehr anständig!
»Auf die Plätze, fertig, los.«
Zwanzig Paar Gummistiefel platschten über das nasse Pflaster. Keuchend erreichten die Ersten das Ende der Stallmauer. Jule und Sophie gleichzeitig, dahinter Merle und Imke auf Platz drei und vier. Conny schaffte nur Platz sechs, Luisa Platz acht.
»Ausgerechnet Imke«, japste Jule und fiel Conny in gespieltem Entsetzen um den Hals. »Von den Nervis hat es nun wirklich keine verdient.«
Dass Imke mitfuhr, verdross Jule sehr. Die kleine 12-Jährige mit den schwarzen Locken war ihre Lieblingsfeindin auf dem Hof. Nicht nur weil sie oft so pampig war. Nein, der eigentliche Grund war: Vater Zavelstein hatte seiner Tochter ein eigenes Pferd gekauft, Deichgraf. Mit ihrem braunen Holsteiner gab Imke unerträglich an. Jule wusste, sie selbst würde nie im Leben ein Pferd von ihrem Vater bekommen. Das machte die Sache noch schlimmer.
»Wahrscheinlich verlangt sie nach der Bootsfahrt Geld von den Feuerwehrleuten«, sagte Jule bissig. »Weil sie die Ehre hatten, Prinzessin Zavelstein zu kutschieren.«
Conny musste lachen. Jule konnte sich klasse aufregen! Das ließ sie glatt für einen Moment vergessen, wie geknickt sie eigentlich wegen Rocky war.
»Wenn du dich nicht beeilst, fährt deine Prinzessin ohne dich los«, sagte Conny, denn die anderen waren schon wieder zum Hof zurückgegangen.

Jule rannte dem roten Schlauchboot nach, das von Benno und Kai Jensen in tieferes Wasser gezogen worden war. Behände schwang Jule sich als Letzte über die breite Reling. Merle rückte zur Seite, um auf dem Rand Platz zu machen.
Imke saß ganz vorn. Sie hatte sich zwischen A. und B. Weiß gequetscht und machte sich wichtig.
Mit einer Hand hielt Jule sich an dem umlaufenden Halteseil fest und sah nach hinten. Bloß nicht ständig Imke vor Augen haben! Wie die sich an A. Weiß heranmachte! Ekelhaft. Wo sie doch sonst Axel Rakete hemmungslos anhimmelte.
Fast lautlos – wenn man von Imkes Geschnatter absah – glitten sie auf den überfluteten Wiesen dahin. Nur das Eintauchen der beiden Holzpaddel verursachte ein leises Plätschern. Rechts und links ragten Zaunpfähle und Holunderbüsche aus dem Wasser. Gemächlich trieb das Dach einer Hundehütte an ihnen vorbei.
Der Regen war von schwülwarmer Luft abgelöst worden. In den Öljacken kam man ins Schwitzen. Ideales Wetter für Mücken, die sich explosionsartig vermehrten. Mit den Händen verscheuchten die Bootspassagiere die sirrenden Plagegeister vom Gesicht.
Benno steuerte das Boot dahin, wo er die Böschung des Lottbachs vermutete. Vermutete – dieses Wort traf es genau, denn von den Sandsäcken sah man keine einzige Jutefaser mehr. Das Wasser war längst höher gestiegen. Kai Jensen erzählte die Schicksalsstory von Grabowski,

dem Maulwurf, der sich auf den letzten herausragenden Sandsack geflüchtet hatte.
»Ja, die Tiere trifft es besonders schlimm.« Benno suchte mit einem Fernglas die Umgebung ab. »Da drüben im Naturschutzgebiet wimmelt es von Rehen, Füchsen und Hasen. Ich wette, dass schon etliche ertrunken sind. Oder denkt nur mal an die vielen Ameisenhügel und Vogelnester.«
»Gut, dass Conny nicht hier ist«, sagte Jule. »Sie würde doch verrückt bei der Vorstellung, dass nur eine einzige Ameise ertrinkt. Oder ihre Kraniche.«
Conny half den ganzen Sommer über mit ihrer Umweltgruppe beim Schutz der bedrohten Kraniche.
A. Weiß drehte sich nach ihr um. »Das ist auch nicht lustig, Mädchen. Was glaubst du, was wir damals beim Oder-Hochwasser gesehen haben. Dutzende von verendeten Rehen und Kaninchen. Findest du das etwa komisch?«
»Quatsch, natürlich nicht«, beeilte sich Jule zu sagen. Erwachsene legten aber auch jedes Wort auf die Goldwaage. Musste er ihr ausgerechnet vor Imke so etwas erzählen?
Imke verzog das Gesicht. »Tote Tiere! Denkt doch nicht an so etwas. Stellt euch lieber vor, das hier wäre ein Kreuzfahrtschiff. Die *Titanic* zum Beispiel.«
Sie stand auf und breitete am Bug die Arme aus. »Eisberg in Sicht«, rief sie und warf den Kopf in den Nacken. Die Feuerwehrmänner schmunzelten amüsiert.

Jule hätte sich am liebsten auf Imke gestürzt, begnügte sich aber damit zu fauchen: »Geh lieber da weg, Zavelstein, sonst fallen die letzten Rehe vor Schreck tot um.«
»Keine Frechheiten von achtern«, sagte Kai Jensen zu Jule und schlug nach einer Mücke auf seiner Hand.
»Wieso achtern?«, wollte Merle wissen.
»Schifffahrtssprache«, sagten Jule und Kai Jensen gleichzeitig und sahen sich dann erstaunt an.
»Stimmt, du hast ja einen Surfschein«, erinnerte sich Jensen.
»Sie auch?«
»Nein, aber ich war früher bei der Marine.«
Während das Schlauchboot langsam entlang der Holunderhecke fuhr, gab Herr Jensen seinen Reitermädchen einen Mini-Kursus in Schifffahrtssprache.
»Beim Boot nennt man die Vorderspitze *Bug*, das Hinterteil *Heck*. Links heißt *backbord*, rechts *steuerbord*. Seitlich wird *querab* genannt. Statt hinten sagt man *achtern*. Und *»Raum«* ruft man, wenn ein anderer ausweichen soll. Fällt jemand ins Wasser, heißt es: *»Mann über Bord«*.«
Imke hatte sich wieder an den Bug gestellt und breitete erneut dramatisch die Arme aus.
»Siehst du wieder Eisberge?«, lästerte Jule. Imke drehte sich um und streckte ihr die Zunge raus. Jule sprang auf und rempelte Imke an, dass ihre Regenjacken beim Aufeinandertreffen quietschten.

»Ich weiß etwas Besseres. Sozusagen den Spitzenspruch«, sagte Jule und rückte hautnah an Imke heran.
»Nämlich?«
Jule legte die Hand über die Augen und sah Imke herausfordernd an. »Nervis in Sicht.«
Beim Gerangel am Bug verloren die Streithähne irgendwann das Gleichgewicht. Da war es auch schon geschehen! Platsch! Über die Bugspitze machten Jule und Imke einen Bauchklatscher ins Wasser.
»Mann über Bord«, schrien Merle und Sophie begeistert, weil endlich etwas Aufregendes passierte. Das lahme Umhergleiten war ihnen längst zu eintönig geworden. Blitzschnell griffen A. und B. Weiß zu ihren Fangleinen und machten sich bereit, hinterherzuspringen. Aber da richteten sich Jule und Imke bereits wieder auf. Das Wasser reichte ihnen nur bis zum Bauch.
Achim und Bruno Weiß zogen die Mädchen zurück ins Boot. Auf dem Sperrholzboden bildete sich eine Pfütze.
»Ich denke, ihr seid zwölf«, wetterte Benno. »Warum benehmt ihr euch dann nicht so? Ihr zieht euch jetzt um und dann ab zu Dr. Völker.«
»Was soll ich denn beim Humanmediziner?« Kaum war Jule wieder in Sicherheit, begehrte sie auf. »Mir ist doch nichts passiert.«
Sie setzte sich auf den Bootsrand und streifte das Wasser mit beiden Händen von den Hosenbeinen ab. Imke machte es ihr nach.
»Was glaubt ihr, wie schnell man sich hier Typhus holt

oder eine Hepatitis. Schließlich sind viele Toiletten überschwemmt. Das Wasser wimmelt von Krankheitskeimen.«
Benno hielt wieder sein Fernglas vor die Augen.
»Wir setzen euch jetzt auf dem Hof ab, basta. Da!« Plötzlich wurde seine Stimme lauter. »Drüben am Lottbach. Ein Reh, da schwimmt ein Reh.«
Alle Blicke folgten Bennos ausgestrecktem Arm. Tatsächlich: In weiter Entfernung sah man ungenau einen kleinen, braunen Kopf. Ringsherum bewegte sich das Wasser, als ob das Tier darin um sein Leben strampelte.
»Aber erst müsst ihr zurück.« Das empörte Protestgeschrei der Mädchen ließ Benno kalt. Zumindest tat er so. Er setzte die vier auf dem Paddock ab, wo das Wasser ihnen gerade bis an die Waden reichte. Kai Jensen blieb an Bord. »Merle und Sophie – fegt schon mal die Einstreu aus den Boxen zusammen«, rief er den Mädchen nach, während das Boot gedreht wurde. »Alles raus. Beide Boxenreihen. Backbord und steuerbord.«
Dann paddelte die verkleinerte Crew zurück zum Lottbach. Vielleicht gab es Hoffnung für das Reh?

9. Kapitel

Extremsport

»Sie kommen!«

Conny war in der letzten halben Stunde immer wieder aus dem Stall nach draußen gelaufen, um nach dem roten Schlauchboot Ausschau zu halten. Der Gedanke an das Reh machte sie ganz kribbelig. Dass sie nicht dabei sein konnte!

Aber jetzt näherte sich das Boot. Wie es aussah, hielten zwei Männer etwas auf dem Boden fest, während die anderen die Paddel betätigten.

»Liegt noch Stroh in einer der Boxen?«, rief Kai Jensen zu Conny hinüber.

»Ja. In Sallys.«

»Prima. Macht die Tür auf. Aber weit. Wir bringen das Reh erst mal dort unter.«

»Hurra«, brüllte Conny aus Leibeskräften und lief zurück, um den anderen Bescheid zu sagen.

Auf der Stallgasse war kaum mehr ein Durchkommen. Die Mädchen und Bastian hatten schnell gearbeitet. Auf

dem Gang häufte sich das herausgekehrte Stroh aus den leeren Pferdeboxen. Gut so, dann konnte das gerettete Reh sich nicht verletzen. Vielleicht würde es ja in Panik auf der Stallgasse herumspringen?
Dafür bestand aber keine Gefahr, denn Benno hatte das Reh an den Vorder- und Hinterläufen gepackt und trug es mit dem Rücken nach unten herein. Das Tier schien am Ende seiner Kräfte zu sein. Trotzdem versuchte es ständig, den Kopf zu heben.
Behutsam legte Benno das Reh ins trockene Stroh und schloss schnell die Tür. Sofort richtete sich das Reh auf, konnte sich aber kaum auf den dünnen Beinen halten und ließ sich zurück in die weiche Einstreu fallen.
»Hier kann es natürlich nicht bleiben«, sagte Benno und betastete vorsichtig die Wunden auf seinen Händen. »Wusste gar nicht, dass Rehe so scharfkantige Hufe haben. Hat mir ganz schön zugesetzt.«
Er wickelte notdürftig ein Papiertaschentuch um die linke Hand, das sich rasch rot färbte. »Besser, ich gehe kurz zu Dr. Völker«, sagte Benno mit einem Blick auf das Taschentuch. »Eine Blutvergiftung hätte ich nicht so gerne.«
Das Reh sprang auf, reckte den Kopf und schnupperte an Sallys gefüllter Automatik-Tränke. Gierig trank es das saubere Wasser.
Benno machte sich auf den Weg zu Dr. Völker. Vorher wollte er bei Familie Löwe reingucken. Er hoffte, dass Dankwart für das Reh seinen Geräteschuppen frei

räumte und ein Stück Rasen einzäunte. Nur für diese Nacht. Morgen sollte das Reh wieder in den Wald gebracht werden. Löwes Garten war als Einziger am Birkenweg noch trocken.

»Wenn ich zurückkomme, machen wir den Stall dicht«, kündigte der Feuerwehrmann an. »Danach wird der Strom abgestellt. Bevor jemand einen elektrischen Schlag bekommt.«

Während die Mädchen mit Kai Jensen das Stroh aus den Boxen auf einen Anhänger schaufelten, war im Nachbargarten Dankwart Löwe fleißig. Er baute die Tür seines Schuppens aus, streute den Fußboden mit Stroh aus und umzäunte auf dem Rasen einen Auslauf mit Maschendraht.

Als Benno mit verbundenen Händen vom Arzt zurückkam, hatte Feuerwehrmann A. Weiß das Reh bereits zu Löwes hinübergetragen.

Der Pferdestall war leer. Nun musste der letzte Schritt getan werden. Die Feuerwehr schloss die Tür zum Hof und verbarrikadierte sie von außen mit schweren Holzbohlen. Davor schichteten die Männer Sandsäcke auf. Für diese Nacht rechnete man damit, dass das Wasser noch weiter anstieg.

Am frühen Abend kam jemand von den Hamburger Elektrizitätswerken und schaltete oben am Birkenweg den Strom ab. Für die gesamte Straße.

»Wie soll man denn im Stall etwas sehen?« Luisa beschwerte sich bei Benno. »Wenn die das Licht abstellen?«

»Schon mal was von Taschenlampen gehört?«, fragte Benno. »Aber die braucht ihr gar nicht. Ab sofort hat niemand von euch etwas im Stall zu suchen.«
Auf dem Reiterhof Birkenhain gab es im Moment nichts mehr zu tun. Conny, Luisa, Jule, Saskia, Amelie und Bastian standen zusammen und beratschlagten, was sie unternehmen könnten. Herr Jensen meinte, ein Besuch bei den Schulpferden am Lottbacher Teich sei angebracht. »Ausmisten, Mädchen. Und putzen. Man kann nicht verlangen, dass der Pferdepfleger das erledigt.«
Logisch. Die Fahrt zum Nachbarstall stand sowieso auf dem Programm. Den Hinweis hätte Herr Jensen sich sparen können, fanden die Mädchen. Leider musste Bastian nach Hause. Conny versprach, sich um King Louis zu kümmern.
Der Reiterverein am Lottbacher Teich gehörte zu den vertrauten Plätzen in der Umgebung. Jensens Ausritte führten häufig über den Hof des Vereins. Auch mit dem Fahrrad lag die Anlage nur einen Katzensprung entfernt. So fuhren die fünf bereits wenig später dort vor.
Ingrid Reet entdeckte sie von der Cafeteria aus. Sie klopfte ans Fenster, kam die Treppe herunter und begleitete die fünf zum »Pferde-Asyl«.
»Eure Pferde haben sich schon in unserer Reithalle ausgetobt«, erzählte sie auf dem Weg zur Scheune. Die Frau dachte wirklich an alles.
Das Behelfsheim dehnte sich lang und in beachtlicher

Breite vor ihnen aus. Als die Tür aufging, hoben die fünf Pferde hinter den Absperrungen ihre Köpfe.
Sally wieherte, als Jule »Hallo, Mäuschen«, sagte. Ankum schnaubte freudig. Auch Brinkum, King-Louis und Flecken-Paula erkannten ihre Menschen.
Geräumig war der Ersatzstall wirklich. Wenn auch etwas dunkel. Aber das lag an den schweren Wolken, die nur spärliches Licht durch die schmalen Fenster fallen ließen. Sogar tagsüber war es kaum hell geworden.
Lächelnd folgte Ingrid Reet den Mädchen zu ihren Pferden.
»Sag mal, ist eure Sally trächtig?«, fragte sie Jule.
Jule fuhr herum. »Was?«
»Na, guck dir doch mal ihren Bauch an.«
Jule trat drei Schritte zurück und musterte ihr braunes Lieblingspferd mit schief gelegtem Kopf. Ihr Mäuschen sollte ein Fohlen erwarten? Aber das war unmöglich! Trotzdem – pummelig sah sie wirklich aus.
»Herr Jensen müsste das doch wissen?«, fragte Jule.
»Sicher«, sagte Frau Reet und zuckte die Schultern. »War nur so eine Vermutung. So – und nun denkt ans Putzen.«
Sie zeigte in die Ecke der Scheune, wo sich die beschrifteten Kartons mit Striegeln und Bürsten stapelten.
Ausmisten war nicht nötig. Das hatte der Pferdepfleger des Vereins zusammen mit Frau Reet erledigt. Als Luisa fragte, wie sie das wieder gutmachen könnten, winkte

sie lachend ab. »Pferdefreunde helfen sich doch untereinander.«
Die Mädchen steckten die Köpfe zusammen und berieten sich. Sie wollten sich gern für den Einsatz bedanken.
»Haben Sie keinen Wunsch?«, fragte Conny.
Ingrid Reet überdachte das Angebot.
»Ich weiß etwas«, sagte sie nach einiger Zeit, in der sie gedankenverloren Ankums Nase gestreichelt hatte. »Drückt mir die Daumen, dass ich mein Traumpferd bekomme. Am Wochenende habe ich eine tolle Rappstute entdeckt. Bis M ausgebildet. Übermorgen ist die Ankaufsuntersuchung bei Dr. Teichmüller. Wenn sie gesund ist, ist der Kauf perfekt.«
Klar würden sie ihr die Daumen drücken. Wenn es nicht mehr war . . . Solche Wünsche schonten das Taschengeld.

»Bis M ausgebildet«, sagte Jule versonnen, als sie später mit den anderen durch den schwülen Abenddunst nach Großmoorstedt zurückradelte. Das bedeutete, die Stute beherrschte die schweren Aufgaben einer M-Dressur.
Luisa verdrehte die Augen. »Ich wäre froh, wenn ich nur eine A-Dressur schaffen würde.«
Conny seufzte. »Und ich, wenn ich meinen Rocky besuchen dürfte. Aber Herr Jensen will das nicht.«
Wie konnten ihre Freundinnen bloß an so etwas Unwichtiges wie Prüfungen denken, während auf dem Reiterhof Land unter war?

Jule blieb jedoch hartnäckig beim Thema. Sie hatte sich regelrecht in die M-Dressur verbissen. Bis zum Ortsschild Großmoorstedt malte sie den anderen aus, wie sie vor den entgeisterten Augen der Nervis eine perfekte Prüfungsaufgabe ritt. Auf Sally, versteht sich, ihrem *Mäuschen*. Das Thema Fohlen war längst wieder vergessen.

»Mensch, Jule«, sagte Conny kopfschüttelnd, als sie vor ihrem Elternhaus vom Rad stieg. »Morgen kannst du wahrscheinlich nur noch mit dem Surfbrett auf den Hof. Und du denkst an M-Dressuren . . . «

Connys Bemerkung mit dem Surfbrett war schuld daran, dass der Reiterhof sich am Dienstag in einen Hafen verwandelte. Bilder von Surfboards und Schiffen, die über Nacht in vielen Köpfen herumspukten, hatten die Mädchen auf neue Ideen gebracht.

Am Dienstagmorgen sah der überflutete Reiterhof aus, als ob dort ein Schulprojekt mit dem Thema lief: »Die verschiedenen Fahrzeuge der Binnenschifffahrt.«

Am Birkenweg standen einige geparkte Autos hintereinander. Von den Gepäckträgern luden die Väter der Reitermädchen Kajaks und Stechpaddel ab, Gummiboote und Surfbretter. Die Gerlach-Zwillinge hievten ein kleines Floß vom Wagendach, zusammengebunden aus Stämmen und Tauen.

Alberne Kommandos flogen hin und her. Trotz der frühen Uhrzeit herrschte eine Superstimmung, ausge-

lassen wie auf einem Sportfest. Gejohle und Lachen begleiteten jedes Ablade-Manöver, weil dabei immer etwas schief ging.
Mit einem Wort: Es war so laut, dass Kai Jensen in seiner Dachwohnung aufmerksam wurde, als er gerade Kaffee kochen wollte. In einer Hand die Filtertüte, in der anderen den Messlöffel, lehnte er sich aus dem Fenster. Verdutzt sah er seinen Reitermädchen nach, wie sie ihre Sportgeräte auf den Schultern zum Wasser herunterschleppten.
Statt der gewohnten Reithosen trugen die Gerlach-Zwillinge und einige andere Mädchen weiße und blaue Segelkleidung, darüber orangefarbene Rettungswesten. Jule und Amelie hatten ihre schwarzen Surfanzüge an und platschten mit breiten Neoprenschuhen über den Hof. Conny lief in der grünen Wathose ihres Vaters herum.
Während Herr Jensen sich in seiner Küche noch darüber ärgerte, dass er gar keinen Kaffee kochen konnte, weil der Strom abgestellt war, kletterten Jule und Amelie schon auf ihre Surfbretter und die Zwillinge auf ihr Floß. Jules Segel hing lahm am Mast. Amelies auch. Kein Wunder, es rührte sich kein Lüftchen. Jule konnte den Gabelbaum noch so heftig vor und zurück bewegen – sie kam nicht vorwärts, trieb nur ein bisschen im Wasser herum. Die Gerlach-Zwillinge stießen sich mit zwei langen Stecken vom Erdboden ab und glitten auf ihrem Floß schneller voran.

»Raum«, schrie Mia-Mathilde, als sie Jule in der Nähe des versunkenen Weidezauns überholen wollte. »Mach Platz, Jule Ahrend, oder wir rammen dich.«
Jule ärgerte sich schwarz, dass sie nicht von der Stelle kam. Triumphierend blitzten Mia-Mathilde und Dina-Dorothee sie an, als die beiden auf dem Floß an ihr vorbeizogen.
Ungeduldig wedelte Jule mit ihrem Segel, um künstlich Wind zu erzeugen. Knack! Da hing sie mit der Finne, die unten aus dem Surfbrett herausragte, im Zaun fest. Und – knack – Amelies Finne scheiterte ein Stück weiter am Holunderstrauch.
Stallbesitzer Jensen erschien mit hohen Gummistiefeln auf dem Hof. Nachdenklich betrachtete er die Mädchen in den Kajaks und Schlauchbooten. Sein Blick wanderte zu den gestrandeten Surferinnen hinüber.
»Das ist hier einfach nicht tief genug«, rief Jule ihm zu.
»Ja, stimmt genau.« Amelie pflichtete ihr von dem unfreiwilligen Ankerplatz am Holunder bei. »Die Finne verklemmt sich ständig. Das Wasser müsste noch steigen.«
Einen Moment lang blieb Kai Jensen die Spucke weg. Dann schrie er zurück: »Sind hier alle verrückt geworden? Das ist ein Reiterhof und kein Wassersportgelände.«
Er drehte sich um und machte, dass er vom Hof wegkam. Das wollte er sich nicht länger antun. Er konnte

weinen, wenn er die schmutzigen Wogen sah. An den überfluteten Wiesen war nun wirklich nichts komisch. Ohne seinen Morgenkaffee fand Kai Jensen ohnehin selten etwas lustig ...

Andererseits, dachte er, warum sollten die Mädchen nicht ihren Spaß haben? Im Moment ließ sich gar nichts für den Stall tun. Weshalb also nicht Boot fahren?

Jensen ging um das Gebäude herum. Da die Stalltür zum Hof mit Sandsäcken verbarrikadiert war, kam er nur durch die vordere Eingangstür in den Stall hinein.

Mit einer Taschenlampe leuchtete er die Wände und Boden ab. Obwohl die Boxen vorhin noch trocken ausgesehen hatten, mussten regelmäßige Kontrollen sein. Denn: »Das Bollwerk vor der Tür ist nicht hundertprozentig dicht«, hatte Benno gewarnt. »Sandsäcke lassen immer etwas Wasser durch.«

Die Feuerwehr kam heute später als sonst. In der Frühe wollten A. und B. Weiß das Reh auf eine trockene Lichtung ins Naturschutzgebiet bringen.

Nach einem prüfenden Blick in die Sattelkammer verließ Kai Jensen den Stall wieder. Sorgfältig schloss er von außen ab. Wasser in den Boxen – das wäre entsetzlich. Schimmel würde sich im Mauerwerk ausbreiten. Heu und Stroh auf dem Dachboden könnten durch die Feuchtigkeit verderben. Solange die Flutwelle seinen Stall innen verschonte, dachte Jensen, konnte er noch ganz zufrieden sein.

Seine Zuversicht wuchs. Vielleicht war der ganze Albtraum schon bald vorbei?
Als Kai Jensen auf den Hof zurückstiefelte, pfiff er sogar mittelfröhlich durch die Zähne. Zu früh, wie sich herausstellen sollte. Denn ihm standen noch einige Aufregungen bevor.

10. Kapitel

Gefangen mit Blaumann

»Das schmeckt dir, Blaumann, stimmt's?«
Luisa kauerte neben dem Kater auf dem Heuboden und goss aus einer Flasche frisches Wasser in seinen Trinknapf. Noch beim Gießen schlabberte die Katzenzunge das kühle Nass auf.
Luisa warf einen Blick in die Fressschüssel unter dem Fenster. Warum lag das Trockenfutter, das Kai Jensen dem Kater hingestellt hatte, noch fast unberührt darin? War es verdorben? Sie hob den Napf hoch und schnupperte an den Brocken. Sie rochen appetitlich. Fraß Blaumann nicht, weil er sich hier oben einsam fühlte? Oder war er krank? Sie sah ihn genauer an. Seine Augen tränten, das erkannte sie selbst bei dem spärlichen Licht. Schlimm war es noch nicht. Aber wusste man nicht, wie schnell daraus eine Bindehautentzündung wurde?
»Ich glaube, du bist ein Fall für meine Oma«, sagte Luisa. Gut, dass Oma Hilla Krankenschwester war. Mit kranken Tieren kannte sie sich aus, da machte ihr nicht mal

Tierarzt Teichmüller etwas vor. Luisa beschloss, den Stallkater mit nach Hause zu nehmen.
Sie sah sich auf dem Dachboden nach Blaumanns Katzenkorb um und drückte auf den Lichtschalter. Die Lampen blieben dunkel. Der Strom war abgeschaltet, natürlich!
Suchend klopfte Luisa auf die Pferdedecken, die über den Heuballen lagen. Dass es auch so finster war! Tasthaare müsste man haben, dachte sie, als sie beim Stöbern zum dritten Mal gegen irgendetwas stieß. Tasthaare wie Blaumann und die Pferde. Die würden garantiert nicht so tölpelhaft über Kästen und Kartons stolpern wie sie.
Forken und Besen lehnten an den Strohstapeln. In den Gängen türmten sich Berge von bunten Putzboxen. Luisa kramte dazwischen herum. Hoffentlich hatte niemand den Korb weggeräumt! Endlich! Ihre Finger ertasteten das Geflecht des Weidenkorbs. Vorsichtig zog sie ihn aus dem Kartonstapel hervor. Trotzdem gerieten drei Kästen ins Rutschen und kippten um. Luisa seufzte. Aufräumen hatte bei der Dunkelheit keinen Sinn. Obwohl es ihr widerstrebte, Unordnung zu hinterlassen.
Blaumann stand noch abwartend vor dem Trinknapf und maunzte, als das Mädchen sich zurück zu ihm ans Fenster tastete.
»Noch mehr?«, fragte Luisa. »Na komm.« Sie goss den Rest aus der Flasche in die Schüssel und lehnte sich ans Fenster.

»Mensch, Blaumann«, sagte sie staunend. »Das müsstest du sehen.«
Von oben hatte Luisa einen Rundumblick auf die überfluteten Wiesen bis hinunter zum Lottbach. Wo früher Ankum und Brinkum, Flecken-Paula, King-Louis, Rocky und die anderen Pferde standen, glitten jetzt Kajaks und Gummiboote über die versunkenen Wiesen. Luisa presste die Nase an die Scheibe. Erkannte sie jemand da unten? Ja, das war Jule. Bäuchlings lag sie auf ihrem Surfbrett, das rote Haar leuchtete wie eine Ampel. Das Segel dümpelte neben dem Brett im Wasser. Mit kräftigen Schwimmbewegungen tauchte Jule ihre Arme rechts und links ins Wasser, um vorwärts zu kommen. Warum surft sie nicht richtig?, fragte sich Luisa. Sie wusste ja nicht, dass ihre Freundin Schiffbruch erlitten hatte.
Da drüben, auf dem Floß, das waren die Gerlach-Zwillinge. Von hinten konnte man Mia und Dina zwar nicht erkennen, aber Luisa hatte die Nervis vorhin beim Abladen des Floßes gesehen. Imke Zavelstein stapfte durchs Wasser auf die Zwillinge zu, ein zu weiter Taucheranzug schlotterte um ihre kleine Gestalt. Wo hatte sie sich den bloß geliehen? Imke schwenkte ein Tau, band es am Floß fest und zog es durch knietiefes Wasser. Warum kam Imke eigentlich erst jetzt? Klar – sie war morgens in die Tierklinik gefahren, um ihren Deichgraf zu besuchen. So stressig die Nervis auch sind, dachte Luisa, ihre Pferde behandeln sie gut. Da gab es nichts.

Bastian paddelte gerade mit seinem Kajak an Jules Surfboard heran. Die beiden schienen sich prächtig zu amüsieren.
Luisa kicherte. Jule und Bastian! Jetzt aber nichts wie hin, bevor Bastian im Liebesrausch vergaß, dass er sie in seinem Boot mitnehmen wollte.
Der Kater strich um Luisas Beine. Das Mädchen setzte den Katzenkorb auf den Boden, hob Blaumann geschickt hinein und trug den Korb die Treppe hinunter. Die Ausgangstür war verschlossen.
»Das gibt's doch gar nicht«, murmelte Luisa. Heftig rüttelte sie an der Klinke. Wieso war die Tür zu? Vorhin stand sie doch noch offen! Wer wollte sie veralbern? Die Nervis? Das sähe ihnen ähnlich mit ihrem kranken Humor.
»Hallo«, rief Luisa und hämmerte gegen die Tür. »Aufmachen! Hallo, haaallo!«
Dass Kai Jensen den Stall abgeschlossen hatte, vorhin erst, wusste Luisa natürlich nicht. Genauso wenig wie der Stallbesitzer ahnte, dass Luisa Steffen seinen Kater auf dem Heuboden besuchte.
Nach einigen Minuten stieg Luisa die Treppe wieder hinauf. Sie musste sich durch das Dachfenster bemerkbar machen. Zu dumm! Die anderen würden sich schieflachen.
Luisa setzte den Korb ab und wollte das Fenster öffnen. Der Rahmen rührte sich keinen Zentimeter. Sie stemmte sich mit der Schulter dagegen, erst zaghaft, dann kräftiger. Das Miststück klemmte mal wieder.

Was hatte Jensen gestern noch gesagt? »Hoffentlich verzieht sich nicht das Fenster bei dieser Feuchtigkeit.« Genau das war aber passiert.
»Wahrscheinlich muss ich mich dagegenwerfen, damit es aufgeht«, sagte Luisa laut. »Soll ich?« Sie guckte den Kater im Korb an, als ob sie von ihm eine Antwort erwartete. Aber Blaumann machte nur »miau.«
Luisa überdachte das Risiko. Nein, zu gefährlich. Womöglich flog sie mitsamt der Scheibe nach draußen! Mit beiden Fäusten hämmerte Luisa gegen das Fenster. Aber auf dem Hof sah niemand nach oben.
Wie blöd von ihr! Luisa machte sich Vorwürfe. Hätte sie doch bloß etwas zu Conny oder Jule gesagt! Nicht einmal die wussten, wo sie steckte. Eigentlich wollte sie ja nur kurz nach dem Kater sehen. Zehn Minuten, länger nicht. Und nun saß sie zwischen Heu und Stroh fest. Gefangen mit Blaumann.
»Hört mich denn keiner?«, rief Luisa und schlug gegen das Fenster.
Nein, niemand. Denn auf dem Hof schaltete Benno den Strom-Generator an. Sein lautes Brummen übertönte jeden Hilferuf.
Und die mehr als zehn Mädchen, die unten auf dem Hof auf und ab liefen? Warum bemerkten sie nichts? Weil sie nur ihre Bootstouren im Kopf hatten. Ungeduldig lauerten sie darauf, dass einer der glücklichen Kajakbesitzer sie abholte. Nicky und Theresa waren dabei, Annika und Berit, Miriam und Merle, Sophie, Sarah und Laura.

Die fehlenden Feuerwehrleute rückten an, das war eine willkommene Abwechslung. Für Kai Jensen, weil er endlich seinen Kaffee bekam. Für die Mädchen, weil es viel vom Reh zu erzählen gab.
Im Nu sammelte sich eine große Traube um die Weiß-Brüder. Heute Morgen hatten sie das Reh in die Freiheit entlassen. Achim Weiß konnte packend erzählen. Wie sie das Reh bei Sonnenaufgang aus Dankwarts Garten holten. Über das wilde Gestrampel im Auto und wie sie die Beine mit Macht festhalten mussten. Dann die Suche nach einer schönen Lichtung. Und wie sie das Reh schließlich ausluden.
»Mit großen Sätzen ist es davongesprungen«, schloss A. Weiß seinen Bericht. »Ein tolles Gefühl, wenn man ein Tier gerettet hat, das könnt ihr mir glauben.« Er nahm einen Schluck aus seiner Edelstahltasse. »So etwas passiert einem natürlich nicht jeden Tag.«
Er hatte den Satz noch nicht zu Ende gesprochen, da war unten auf den überschwemmten Wiesen der Teufel los.
»Hiiilfe«, hörte man plötzlich einen gellenden Aufschrei und gleich darauf die aufgeregte Stimme von Mia-Mathilde: »Nicht loslassen, Imke. Halt dich fest.«
Fast gleichzeitig ließen die Feuerwehrmänner die Kaffeebecher fallen. Die Köpfe flogen herum. In Windeseile löste jemand das Schlauchboot, das am Anbindering für Pferde hing. Dann schoben die Feuerwehrmänner es ins Wasser und legten ab.

Die Mädchen und Kai Jensen standen wie gelähmt auf dem Hof und starrten zur Unglücksstelle hinüber.
Es war deutlich zu erkennen – das Floß drohte vornüberzukippen. Die Zwillinge saßen ganz hinten auf den zusammengebundenen Stämmen. Krampfhaft hielten sie sich am Heck fest. Dina-Dorothee nestelte am Kragen ihrer Schwimmweste, um sie über den Kopf zu ziehen.
Vorne am Bug umklammerte Imke das Tau, mit dem sie das Floß eben noch durch flaches Wasser gezogen hatte. Von weitem schien es, als sei sie in ein Loch gefallen. Aber wie war das möglich?
»Vielleicht hat sie einen Eisberg gerammt?«, meinte Nicky trocken. Ihr Glück, dass Herr Jensen das nicht mitbekam, weil er wie gebannt auf das Floß starrte.
»Die Gullydeckel«, sagte er auf einmal. »Bei Überschwemmungen treiben die Dinger hoch. Imke muss in so ein Loch geraten sein. Wenn man da hineinfällt . . . «
Er sprach nicht weiter, denn in diesem Moment erreichte die Einsatztruppe das Floß.
Benno umfasste die zappelnde Imke und zog sie ins Boot. Fast wären die Zwillinge bei der plötzlichen Gewichtsverlagerung übers Heck ins Wasser gefallen. Sie hielten aber gerade noch die Balance.
Kai Jensen stöhnte erleichtert. »Meine Güte. Ein offener Gully ist lebensgefährlich.«
Was hätte alles passieren können? Bloß nicht daran denken!

Jensen wurde übel bei der Vorstellung, dass er Vater Zavelstein erklärte müsste, warum seine Tochter im Hamburger Abwassersystem verschwunden war ...

Ganz glimpflich ging die Sache aber doch nicht aus. Imke konnte mit einem Fuß nicht mehr auftreten, als sie auf dem Hof abgesetzt wurde.

Während die Feuerwehrmänner das nasse Mädchen in eine Decke hüllten und ins Krankenhaus brachten, war Luisa Steffen immer noch auf dem Heuboden gefangen.

Sie stand am Dachfenster und drückte ihr Gesicht gegen das Glas. Jedes Detail von Imkes Unfall hatte sie beobachtet und darüber ihre eigene, verzwickte Lage vergessen. Aber jetzt kam ihr alles erneut zu Bewusstsein.

Blaumann kratzte in seinem Korb und steckte die Nase durch die Maschen des Türchens. Luisa öffnete die Gitterklappe. »Wer weiß, wie lange wir noch warten müssen.«

Elegant schlüpfte der Kater aus dem Korb, sprang auf einen Heuballen und reckte sich. Ihm war nach Spielen zu Mute. Er warf sich auf den Rücken und schlug mit den Pfoten nach der Longe neben ihm. Die lange Leine entrollte sich und verhedderte sich zu Schlingen und Knoten.

»Hör auf, Blaumann.« Luisa hob die Leine hoch und wickelte die Longe wieder zusammen. »Wenn die hier lose herumliegt, falle ich noch darüber. Man sieht doch kaum etwas.«

Beleidigt trabte der Kater zu seinem Trinknapf. Leer. Er miaute und sah aus seinen verschwollenen Augen zu Luisa hoch.
Sie hielt ihm die Wasserflasche unter die Nase. »Hier, guck doch, Blaumann. Nichts mehr drin.«
Der Kater zog ab und verschwand im Dunkel der Strohballen. Wie viele Tage hielt es eine Katze wohl ohne Wasser aus? Plötzlich lief es Luisa kalt den Rücken herunter. Wie lange konnte ein *Mensch* ohne Wasser leben? Sie zum Beispiel? Nicht lange, so viel wusste sie von Oma Hilla. Kaum dachte sie ans Trinken, fühlte Luisa einen unbändigen Durst. Ihr Mund war plötzlich so trocken wie ein Radiergummi.
Noch einmal drückte und stieß sie gegen das Fenster. Sie musste hier raus. Luisa trommelte gegen die Scheibe. »Hallo! Hilfe!«
Nichts. Auf dem Hof lief der Strom-Generator, der jedes andere Geräusch verschluckte.
Luisa sah die Boote und Surfbretter zum Hof zurückkehren. Das Wasser stand viel höher als noch heute Morgen. Ob es am Ende schon gegen die Hoftür schwappte? Hoffentlich lief nichts auf die Stallgasse.
Luisa sprang die Treppe hinunter, um nachzusehen. Platsch! Auf der untersten Stufe trat sie ins Wasser.
»Lieber Himmel«, sagte sie laut.
Ihr erstes Ziel war die Eingangstür. Immer noch verschlossen. Mit beiden Händen tastete das Mädchen sich an den Wänden des Ganges entlang, der zur Stallgasse führte.

Dort sah sie besser, denn eine Fensterscheibe war nicht verrammelt. Dunkel glänzte die Wasseroberfläche auf der Stallgasse.
Hoffentlich sind meine Gummistiefel hoch genug, dachte Luisa, als sie den ersten Schritt machte. Aber noch stand das Wasser niedrig, es umspielte gerade ihre Knöchel.
Leises Gluckern begleitete Luisa, als sie mit hochgezogenen Hosenbeinen hindurchwatete. Das Stroh aus Sallys Box, das wegen des Rehs liegen geblieben war, schwamm auf der Stallgasse.
Ihr Blick fiel auf die Tränke. Das Reh hatte gestern so begierig daraus getrunken. Warum nicht auch sie?
Schon stand Luisa in Sallys Box. Sie zögerte. Wenn schon, dann wollte sie die Tränke von Flecken-Paula benutzen.
Luisa watete ein Stück weiter die Stallgasse hinunter in die Box ihres Lieblingspferdes. Ein paar alte Heuhalme lagen im Wasserbecken. Luisa fischte sie heraus. Mit dem Pulloverärmel wischte sie den Rand sauber. Dann drückte sie die Metallzunge in dem Gefäß nach hinten, bis sich das Ventil öffnete. Leise rauschte es in der Leitung, das Becken füllte sich.
Und Luisa trank. Als sie sich den Mund abwischte, kam sie sich fast vor wie das Reh. Dass Wasser so gut schmecken konnte, wusste sie gar nicht mehr.
Blaumann wartete auf der dritten Treppenstufe. Unschlüssig streckte er ein Vorderbein vor, als er Luisa

bemerkte. Doch sobald er das Wasser spürte, zog der Kater das Bein rasch zurück. Nasse Pfoten hasste er.
Luisa hob ihn auf den Arm und ging mit ihm zum zehnten Mal an diesem Tag zum Dachbodenfenster. Eisiger Schrecken durchfuhr sie, als sie nach draußen blickte. Weit und breit kein Mensch zu sehen. Wo steckten sie alle? Vorhin waren doch noch mehr als zwanzig Menschen da unten gewesen!
Luisa schien es, als zöge man ihr den Boden unter den Füßen weg. Kam am Ende niemand auf den Hof zurück? Nicht einmal Kai Jensen? Vielleicht durfte er nicht mehr ins Haus – aus Sicherheitsgründen?
Und keiner wusste, wo sie steckte . . .
Je länger Luisa über ihre Lage nachdachte, desto mehr steigerte sie sich in den schrecklichen Gedanken hinein – wenn sie nicht schnellstens aus diesem Haus käme, würde sie ertrinken. Zusammen mit Blaumann. Schließlich wurde es zu einer fixen Idee.
»Ich muss etwas tun«, murmelte Luisa vor sich hin, »bevor ich durchdrehe.«
Da fiel ihr Blick auf die Longe – und Luisa hatte einen Geistesblitz.
»Wir schaffen es, Blaumann«, sagte sie und drückte ihr Gesicht in sein weiches Fell.

»Wo ist denn Luisa?«, fragte exakt zu dieser Zeit Jule, als sie sich zwischen Feuerwehrleute und Wassersportler auf eine lange Bank quetschte.

Die schmalen Klappbänke benutzte man sonst für die Besucher im Stall. Heute allerdings standen die Bänke an einem anderen Platz – auf Dankwarts Garage. Vorhin war Dankwart Löwe zum Reiterhof herübergekommen und hatte alle zum Grillen eingeladen. Als Antwort auf die erstaunte Frage »Warum?« hatte er nur aufgestöhnt. »Unsere Gefriertruhe – oh Mann! Dieser Stromausfall! Alles taut auf. Dagegen kommen Wilma und ich nie im Leben an. Also, wie ist es? Es regnet nicht, das muss man ausnutzen.«
Das ließ man sich nicht zweimal sagen und zog auf das Nachbargrundstück hinüber. Löwes Rasen stand nicht unter Wasser, war aber nass. Darum kletterten die Gäste mit einer Leiter hinauf auf das Flachdach der Garage. Vier Bänke standen dort rund um einen Grill. Auf einem Tisch daneben türmten sich Berge von Weißbrot, Würstchen und Koteletts.
Es wäre sicher eine schöne Grillparty geworden, hätte nicht Jule die verhängnisvolle Frage gestellt: »Wo ist denn Luisa?«
Bastian wurde blass. »Sie wollte mit mir Kajak fahren. Aber auf dem Hof stand sie nicht mehr. Ich dachte ... sie ist bei jemand anderem eingestiegen.«
»Oh Mann«, sagte Dankwart Löwe. »Mannomannomannomann.«
Einen Moment herrschte Stille.
»Das Gullyloch.« Kai Jensen ließ die Brotscheibe sinken, in die er gerade beißen wollte. Musste er mit einem

zweiten Fall Imke rechnen? Wie schlimm es das Mädchen erwischt hatte, wusste er nicht. Die Untersuchung in der Unfallklinik dauerte noch an.

»Los! Wir müssen Luisa suchen. Sofort.«

Jensen sprang auf.

Hals über Kopf sausten sie die Leiter hinab und liefen, wie sie noch nie vorher gelaufen waren. Jule und Bastian an der Spitze. Die anderen rannten hinterher. Keuchend umrundeten sie das Stallgebäude. Das Wasser spritzte rechts und links neben den Stiefeln hoch. Die Helfer erreichten den Hof keine Sekunde zu früh.

Da war Luisa! Hilflos hing sie in halber Höhe an der Stallwand.

Angsterfüllt klammerte sie sich an eine Longe, die aus dem eingeschlagenen Dachfenster herausbaumelte. Mit einer Hand hielt sie den Griff des Katzenkorbs fest. Die Leine war an einem Dachbalken festgebunden, aber die Longe reichte nicht bis auf den Hof hinab.

»Was machst du da?«, schrie Bastian außer sich vor Schreck.

Voller Furcht sah Luisa nach unten. »Helft mir doch. Ich kann mich nicht mehr halten.«

Einfach runterspringen ging nicht. Unter ihr waren Boote angebunden und Surfbretter abgestellt. Benno handelte entschlossen. Er packte Jules Surfbrett, lehnte es hochkant an die Wand und hielt es fest.

»Stell dich darauf. Wir holen eine Leiter«, rief er nach

oben. Und als Luisa endlich Halt unter den Füßen fand, sagte er: »So, und nun lass den Katzenkorb fallen.«
»Nein! Niemals!«
»Luisa! Der schwimmt doch.«
»Aber Blaumann ist so wasserscheu.«
Benno raufte sich in Gedanken die Haare.
»Reg mich nicht auf, Luisa Steffen«, beschwor er sie. »Wirf den Korb herunter! Du brauchst beide Hände zum Festhalten. Willst du dir das Genick brechen?«
Herr Jensen zog seine Jacke aus und hielt sie zusammen mit Jule, Conny und Bastian weit auseinander.
»Die Jacke ist wie ein Sprungtuch für Blaumann«, rief er Luisa zu.
»Lass den Korb fallen, Mädchen.«
Da endlich gab Luisa nach. Blaumanns Korb hüpfte ein paar Mal auf dem Jackenstoff hoch, dann nahm Conny ihn an sich.
Zwei Feuerwehrkollegen kamen mit einer Leiter um die Ecke und lehnten sie an die Mauer.
Wohlbehalten kletterte Luisa nach unten.
Kai Jensen packte sie an den Schultern und musterte sie besorgt. »Alles okay?«
»Blaumanns Augen tränen«, sagte Luisa und streichelte Blaumann durch die Gitterklappe.
Jensen starrte sie an. »Sonst hast du keine Sorgen?«
Luisa nickte. »Doch. Auf der Stallgasse steht Wasser.«
»Mannomannomann«, sagte Dankwart Löwe.
Wehrführer Benno wandte sich seiner Truppe zu und

zuckte entschuldigend mit den Schultern. »Vier Mann an die TS. Geht nicht anders. Der Rest marschiert schon mal zum Grillen. Bevor Wilmas Würstchen verkohlen.«
TS – das war die Abkürzung für Tragkraftspritze. Damit pumpte man nasse Keller leer. In Ausnahmefällen auch Reitställe. Vier erwachsene Männer waren nötig, um das schwere Gerät vom Einsatzwagen in den Stall zu schleppen.
Während die Feuerwehrleute ans Auspumpen gingen, saßen die anderen wieder auf Dankwarts Garage und Luisa erzählte von ihrem Abenteuer auf dem Heuboden.
Blaumann durfte im Transportkorb mit dabei sein. Conny fütterte ihn mit ihrem Würstchen, weil sie als Vegetarierin kein Fleisch aß. Obwohl, streng genommen, auch Katzen keine Grillwürstchen fressen sollten. Aber wer fragte schon danach – an einem Tag wie diesem?

11. Kapitel

Im Geisterstall

Man begann sich mit dem Hochwasser einzurichten. Das hätte vor einer Woche niemand geglaubt!
Die täglichen Stippvisiten der Feuerwehr, die nachgesickertes Wasser aus dem Stall pumpte, gehörten zum Alltag. Genauso wie die Besuche der Männer vom Umweltamt. Sie entnahmen überall Wasserproben.
Der Strom blieb abgeschaltet. Herr Jensen bekam keinen Kaffee, dafür aber jede Menge Grillkoteletts. Denn Grillpartys auf Dankwarts Garage gehörten zu den Highlights des Tages. Schließlich musste die Kühltruhe leer werden.
Imke sah man seit dem Gullyunfall nicht mehr. Sie saß zu Hause mit Gips bis zum Knie und ärgerte sich über ihren gebrochenen Knöchel. Imke haderte mit ihrem Schicksal, weil sie A. Weiß nicht mehr umgarnen konnte. Blaumann genoss Oma Hillas Pflege. Luisas Kaninchen war absolut nicht begeistert von dem Gastkater. Trotz

seiner kranken Augen sah Blaumann den Pelzkollegen nämlich gut genug, um ihm an den Kragen zu gehen. Das Kaninchen zog deshalb vorübergehend zu Conny Clasen um.
Conny war froh, etwas zum Schmusen zu haben. Wo sie doch Rocky so vermisste. Aber Herr Jensen sagte: »Besser, du besuchst ihn nicht.«
Der Museumswart meinte, die vier Pferde fühlten sich ganz wohl bei ihm. Conny war da nicht so sicher. Sie wusste, wie sehr Rocky an seinem Stall hing, seinem Zuhause.
Wie gut Conny ihren Traber kannte, sollte sich bald zeigen. Aber bisher ahnte niemand, dass Rocky an diesem Freitagnachmittag für eine Horror-Vorstellung sorgen würde. Und dass sein Heimweh ihm fast zum Verhängnis werden würde.
Es sah so aus, als ob der Tag so undramatisch bleiben würde wie die beiden letzten Tage. Das Wasser stieg nicht mehr. Vielleicht hieß es schon bald: »Der Höchststand ist überschritten.«
Diese erfreuliche Aussicht verkündete Benno, nachdem er mit seinen Männern den größten Teil des eingedrungenen Wassers aus der Stallgasse gepumpt hatte.
Als sei es die natürlichste Sache der Welt, erschienen auch Bastian und die Mädchen jeden Tag auf dem Reiterhof. Obwohl er im Moment der reinste Geisterstall war. Weit und breit kein Pferd zu sehen. Aber Birkenhain war für alle nun mal der schönste Platz auf der

Welt! Da nahm man sogar in Kauf, dass der Hof im Moment pferdelos war.
Zu tun gab es genügend, auch ohne die Vierbeiner. Die Wasserreste mussten von der Stallgasse nach draußen gefegt werden. Vor die Eingangstür, versteht sich. Die Hoftür war nach wie vor mit 600 Sandsäcken verbarrikadiert.
Mehr als ein Dutzend Taschenlampen, alle von zu Hause mitgebracht, hingen an Türen und Gitterstäben. Die Mädchen krochen in die Ecken der Boxen, um feuchte Winkel mit Lappen und alten Handtüchern trocken zu lagern. Je weniger Nässe drinnen blieb, umso besser für die Mauern.
Als an diesem Freitag alles erledigt war, setzten sich die fleißigen Helfer auf die klamme Bank bei der Sattelkammer, knabberten Kekse und überlegten, wer heute welche Pferde versorgen sollte.
Jule bot sich an, mit dem Bus zur Tierklinik zu fahren, um nach Imkes Deichgraf zu sehen. »In Friedenszeiten«, wenn weder Hochwasser noch kaputte Beine den Reitbetrieb lahm legten, hatte sie nichts mit Reiterin und Pferd Zavelstein am Hut. Aber Imkes Gipsbein stimmte Jule versöhnlich. Und der Holsteiner Wallach Deichgraf konnte nun wirklich nichts dafür, dass er einen Nervi als Besitzer hatte!
»Wie findet ihr das?«
Bastian holte ein weißes T-Shirt aus seinem Rucksack und hielt es vor den Mädchen in die Höhe. Er schnappte

sich eine Taschenlampe und richtete den Lichtstrahl auf das bedruckte Vorderteil.
»Rattenscharf«, sagte Mia-Mathilde. »Obwohl es deins ist.«
»Genau. Und obwohl dieses merkwürdige Schulpferd drauf ist«, ergänzte ihre Schwester Dina-Dorothee.
Jule warf den Zwillingen einen vernichtenden Blick zu. Liebevoll strich sie über das Bild von der nass geregneten Sally, das vorn auf dem Stoff prangte. Darunter stand in Druckbuchstaben: *Hochwasser auf Birkenhain.*
»Zeig mal von hinten.«
Bastian drehte das T-Shirt um. Auf dem Rücken war Connys Foto vom Maulwurf aufgedruckt, Grabowski auf dem Sandsack.
»Sieht cool aus«, sagte Conny. »Was willst du damit machen?«
»Verkaufen, als Andenken.« Bastian lachte verschmitzt. »Mein Onkel hat da eine Adresse ... eine Spezial-Druckerei ... superbillig ... er hat mir 100 bedrucken lassen.«
Auch den Verkaufspreis hatte Bastian sich schon überlegt.
»Mit Sally vorn und Maulwurf hinten 29,80 Mark. Sally ohne Maulwurf 19,80 Mark.«
Bevor Bastian sein Hemd wieder einpacken konnte, gab es eine Standpauke von Kai Jensen. Er hatte den Rest der Modenschau mitbekommen und fand es total daneben, dass Bastian mit der Überschwemmung Geld machen wollte.

»Eine Katastrophe ist keine Unterhaltungsshow, Junge«, sagte der Stallbesitzer.
»Ich will das Geld doch nicht behalten.«
Bastian ärgerte sich über die Unterstellung. »Das ist natürlich für die Opfer gedacht.«
»Ach so. Das will ich auch stark hoffen. Hm . . . welche Opfer meinst du denn?«
»Na, zum Beispiel 20 vertriebene Pferde und ihren Besitzer. Nach dem Hochwasser müssen Sie doch sicher vieles neu kaufen – oder täusche ich mich?«
Bastian grinste Kai Jensen an. Der wusste nicht, ob er sich freuen oder peinlich berührt sein sollte. Eine dumme Situation.
Die Post rettete Kai Jensen daraus, wenn auch unfreiwillig. Zum ersten Mal seit Jahren kam die Postbotin an diesem Morgen hinunter in den Stall. Sonst steckte sie die Post nur in den Briefkasten. Was nicht hineinpasste, legte sie vor die Tür.
Die Briefträgerin hatte nämlich panische Angst vor Pferden. Mehr noch als vor Hunden allgemein, sogar mehr als vor Rottweilern und Schäferhunden. Da sie aber im Radio mit eigenen Ohren gehört hatte, dass alle Pferde ausquartiert waren, traute sie sich in den Geisterstall.
Die Postbotin gab einen dicken Umschlag mit dem Absender »Nordsee-Reiterhof Harms« ab. Da dachte natürlich niemand mehr an Bastians T-Shirt.
Im Nu war Herr Jensen von einem Schwarm Mädchen umringt.

»Was machen die Fjordies?«
»Schnell, Herr Jensen, lesen Sie doch vor.«
Ungeduldig drängten sie sich gegenseitig zur Seite. Herr Jensen überflog die Zeilen und gab den Brief dann weiter.
»Hier, lest selber. Unsere beiden Pferde sind putzmunter.«
Ein paar Fotos lagen im Umschlag – Ole und Kalle auf der Weide, an ihrem Hals lehnten mit breitem Grinsen die Drillinge Rike, Rita und Ronja.
Während der Brief von Hand zu Hand wanderte, klingelte das Handy von Herrn Jensen. Er sagte ein paar Mal »ah« und zum Schluss: »Da kann man wohl gratulieren.«
»Fällt das Wasser endlich?«
Für Conny konnte es im Moment keinen anderen Grund für Glückwünsche geben. Es gab aber doch einen – Ingrid Reet hatte ihr Traumpferd gekauft! Die Untersuchung von Theo Teichmüller war super ausgefallen. Nun wollte Frau Reet kommen und ein Foto zeigen. Weil das Daumendrücken so gut geholfen hatte, durften alle einen Namen für die schwarze Stute vorschlagen. Nach den Papieren hieß sie Lena, aber das war Frau Reet zu wenig.
»Klasse«, schrie Jule. »Die größte Herausforderung, seit wir Luisas Kaninchen getauft haben.«
Herr Jensen guckte irritiert. »Das Hochwasser ist wohl nicht der Rede wert?« Er steckte sein Handy weg und zog einen Block aus der Tasche.

»Hier ist Papier. Schreibt alle Wörter auf, die euch zu »schwarz« einfallen. Egal, was. Oft lässt sich aus den unmöglichsten Begriffen ein neuer Pferdename zaubern.«
Luisa bekam den Block, weil sie die ordentlichste Schrift hatte. Zwei Seiten waren voll gekritzelt, als Ingrid Reet und ihr Mann Hans 20 Minuten später erschienen. Während Frau Reet das Foto in ihrer Stalltasche suchte, fragte sie Kai Jensen: »Ist Ihre Sally wirklich nicht trächtig?«
Er schüttelte den Kopf. »Kann nicht sein. Ich habe sie nicht decken lassen. Im Sommer sieht sie immer aus wie eine Kugel mit ihrem Grasbauch.«
Allerdings zuckte Kai Jensen unmerklich zusammen. War ihm Sallys Bauch zuletzt nicht auch runder vorgekommen? Möglich war alles – schließlich sprang seine ausgeflippte Stute manchmal über den Zaun und rannte weg. Auf eine Hengstweide? Jensen beschloss, Sally untersuchen zu lassen, gleich nach dem Hochwasser.
»Ihre Traumstute, Frau Reet . . . «, drängte Conny ungeduldig.
Endlich das Foto. Neugierig beugten sich zehn Köpfe darüber. Weil die Taschenlampe nicht genug Licht gab, gingen sie nach draußen. Leider war das Bild verwackelt.
»Das ist ja ein selten schlechtes Foto«, sagte Bastian, ehrlich wie immer, wenn es um sein Hobby ging, die Fotografie. »Ich mache Ihnen eine schöne Aufnahme, Frau Reet. Obwohl das gar nicht so leicht wird, so

schwarz wie Ihre Stute ist.« Er grinste. »Wenn man die vor eine schwarze Wand stellte, wäre das ein Suchbild.«
»Dann können wir sie ja *Suchbild* nennen«, lachte Ingrid Reet und zog Luisa den Block aus der Hand. »Lass mal sehen. Habt ihr etwas Besseres?«
Jedenfalls konnte man den Jugendlichen nicht nachsagen, dass sie keine Phantasie hätten. Ingrid und Hans Reet hielten sich den Bauch vor Lachen, als sie die Ausbeute an Namen laut vorlasen. Unter dem Stichwort »schwarz« stand folgendes: Kaffee – Espresso – Afrika – Olive – Teer – Panther – Neger . . .
»Neger ist rassistisch«, sagte Ingrid Reet. »Das geht nicht.«
»Schwarzafrikaner?«, schlug Jule stattdessen vor.
»Meine Lena ist doch eine Stute. Weiblich.«
»Schwarzafrikaner*in?*«
»Für eine deutsche Trakehner-Stute?«
»Hm, passt wohl eher nicht«, gab Jule zu.
Und weiter.
Sirup – Ruß – Surfjacke – Lakritzschnecke . . .
»Wir haben doch schon unsere trabende Lakritzstange«, sagte Mia-Mathilde Gerlach und schnitt Conny eine Grimasse. »Diesen komischen Rocky. Noch einmal Lakritz, das hält ja keiner aus.«
Conny grunzte wütend. Wo gab es eine amtliche Beschwerdestelle für Nervis?
Altöl – Black Molly – Kohle . . .
»Kohle ist optimal«, unterbrach Hans Reet begeistert.

»Das erinnert einen ständig daran, wie schweineteuer das Pferd war.«
»Hans! Wie kannst du bei einer Traumstute an die Finanzierung denken«, beschwerte sich seine Frau.
Weiter.
Blacky – Nacht – Pupille.
Ziemlich gut, fanden die frisch gebackenen Pferdebesitzer.
Aber Frau Reet suchte noch etwas anderes. Mit Charme. Und Romantik.
»Chinesische Lackkommode, die im ersten Frühjahrsvollmond glänzt«, sagte Alexandra und zupfte etwas verlegen an einer Locke.
Verblüfft drehten sich alle zu der 14-Jährigen um und sahen sie verwundert an. Alex wurde rot und zuckte die Schultern. »Meine Mutter hat Chinakunde studiert.«
Ingrid Reet schmunzelte.
»*Lackkommode* – für ein Dressurpferd etwas schrill, oder? Aber vielleicht Lacky? Nein . . . noch besser Lucky, das heißt glücklich. Ich glaube, wartet mal . . . *Lucky Lena* würde mir gefallen. *Glückliche Lena*. Ja, so soll sie heißen. Aber alle Tipps sind einmalig. Darf ich den Zettel behalten?«
Herr Reet murmelte, dass er die Stute doch lieber *Kohle* nennen wollte.
Zur Feier des Pferdekaufs schenkte Bastian Ingrid Reet ein T-Shirt mit Sally und Maulwurf. Kai Jensen verab-

schiedete sich. Er wollte zum Schmied, um nach Cherie, Santana und Fuchsi zu sehen.
Reets erzählten noch ein bisschen von der neuen Rappstute, dann gingen sie zu ihrem Auto. Conny lief hinterher.
»Nehmen Sie mich mit?«, fragte sie leise. »Das heißt, falls Sie am Museumsdorf entlangfahren?«
Sie vergewisserte sich, dass die anderen, die zum Fahrradstand gingen, sie nicht im Blickfeld hatten. »Ich will unbedingt zu Rocky. Irgendwie habe ich ein komisches Gefühl. Als ob da etwas nicht stimmt.«
Hans Reet öffnete die Autotür.
»Rocky – ist das nicht dieser schwarze Traber?«
Conny nickte.
»Steig ein. Wir Schwarzpferde-Freunde müssen zusammenhalten.«

12. Kapitel

Rockys Horror-Show

Weit kamen sie nicht.

Kurz hinter dem Birkenweg lenkte Hans Reet sein Auto halb auf den Bürgersteig, um den Feuerwehrwagen vorbeizulassen, der sich von hinten mit Blaulicht näherte. Conny ließ ihre Scheibe nach unten und steckte den Kopf aus dem Fenster. Wieso verließ Bennos Truppe so überstürzt den Reiterhof?

Der große Einsatzwagen stoppte. Benno sprang heraus.

»Gut, dass ich dich erwische, Conny. Bei euch im Stall war kein Mensch mehr.«

»Was ist denn los?«

»Wir haben gerade einen Anruf bekommen. Ein Großtier soll hier irgendwo schwimmen.« Benno machte eine ausladende Handbewegung. »Auf einer der überschwemmten Wiesen.«

»*Großtier*? Ein Elefant oder was?«

»Nein, nein. Der Anrufer konnte nicht erkennen, ob Reh oder Hirsch oder Kuh oder Pferd.«

»Was? Der kann keine Kuh von einem Pferd unterscheiden?«
Der Feuerwehr-Fahrer hupte ungeduldig. »Wollen wir jetzt heiteres Großtierraten machen oder hilfst du uns, Conny?«, fragte Benno.
»Klar helfe ich.« Was für eine Frage! »Sobald ich mich mit eigenen Augen davon überzeugt habe, dass Rocky gesund in seinem Stall steht.«
»Vergiss es.« Benno winkte ab und kletterte in den Wagen zurück. »Darauf können wir nicht warten.«
Hans Reet schaltete sich ein. »Dein Traber läuft dir doch nicht weg, Conny. Das hier eilt wirklich.« Er lehnte sich aus dem Fenster und wandte sich an Benno. »Wir fahren sofort zu unserem Reiterverein, also zum Lottbacher Teich. Mal sehen, ob bei uns ein Pferd fehlt. Und beim Bio-Bauern nebenan fragen wir auch nach. Wegen seiner Kühe und Jungbullen.«
»Bestens.« Der Einsatzleiter tippte dankend an seinen Helm.
Conny stieg in den Feuerwehrwagen um und fuhr zum Reiterhof Birkenhain zurück. Unterwegs streifte sie die Sicherheitsweste über, die Benno ihr zugeschoben hatte.
Während seine acht Männer routiniert zwei Schlauchboote fertig machten, suchte Benno rasch mit dem Fernglas die Umgebung ab.
»Nichts.« Mit dem Uniformärmel wischte er sich über die Stirn, es war drückend schwül. »Lange kann ein Tier

sich mit Schwimmen nicht über Wasser halten. Viel zu anstrengend.«
Conny schirmte die Augen mit der Hand ab. Blendend heller Dunst waberte über die überschwemmte Fläche.
»Aber das Wasser ist doch nicht hoch. Das geht mir nur bis zum Bauch. Darin könnte zum Beispiel eine Kuh gut stehen. Ein Pferd auch. Sogar ein Reh«, meinte sie hoffnungsvoll.
»Bei diesem aufgeweichten Boden? Nein. Unter dem Wasser ist nur noch Sumpf. In dem Morast versackt jedes Tier und gerät in Panik.«
Benno gab zweien seiner Leute ein Zeichen, das schwarze Boot in tieferes Wasser zu schaffen. »Wenn wir das Tier nicht bald finden, hat es keine Chance.«
Er zog die langen Handschuhe wieder über, die er vorhin wegen der Wärme ausgezogen hatte. Bennos Hände waren immer noch verbunden. Die Verletzungen durch die Rehhufe heilten schlecht. Dr. Völker hatte ihm streng verboten, ohne Handschuhe zu arbeiten. Und erst recht, mit dem Hochwasser in Berührung zu kommen.
Benno wies die zurückbleibenden Feuerwehrmänner am Einsatzwagen an, ihr Funkgerät einzuschalten.
»Und du fährst mit A. und B. Weiß«, sagte er zu Conny. »Du bist die Einzige außer mir, die Ahnung von Pferden hat. *Falls* es ein Pferd ist.«
»Ja . . . aber wir können doch kein ausgewachsenes Pferd ins Boot ziehen«, rief Conny ihm nach. »So wie ihr das mit dem Reh gemacht habt.«

Benno schwang sich schon über die Reling des schwarzen Schlauchbootes und winkte ihr beruhigend zu. »Meine Männer wissen Bescheid!«
Die Dreiergruppe entfernte sich Richtung Lottbach.
Kurz darauf folgte Connys rotes Boot, besetzt mit den Brüdern Weiß. Sie steuerten nach Südost und hielten Ausschau nach einem hilflosen Großtier.
Conny fühlte sich selbst hilflos. Warum gab es immer nur *schlimme* Überraschungen? Wie Tiere in Not? Das einzig Gute, was man dieser Rettungsfahrt abgewinnen konnte, war die Vorstellung von Imke Zavelsteins wütendem Gesicht. Sie tobte garantiert, wenn sie von Connys Einsatz mit A. Weiß hörte, Imkes Supermann.
Aber um diesem Gedanken richtig nachzuhängen, dazu war jetzt keine Zeit. Denn eine andere Überlegung schob sich wie eine drohende Wolke davor – wenn es nun Rocky war, der im Morast um sein Leben kämpfte?
Augenblicklich kroch eine Gänsehaut über Connys Rücken. Sie zählte stumm bis zehn. Jetzt bloß nicht die Nerven verlieren! Conny versuchte sich zu beruhigen. Wie sollte der Traber vom Museumsdorf hierher kommen? Dazu hätte er vorher durch ganz Großmoorstedt laufen müssen. Ziemlich unwahrscheinlich. Warum sollte er überhaupt aus seiner Ersatz-Box flüchten? Schließlich hatte er es dort gut. Basta.
Conny suchte erneut den glatten Wasserspiegel bis zum Horizont nach auffälligen Wellen ab.

Und sein Heimweh?, bohrte eine andere Stimme in ihr weiter. Du weißt doch, wie sehr Rocky an diesem Stall hängt, an seinem Zuhause.
Ach was.
Conny schüttelte sich, um den quälenden Gedanken loszuwerden. Mindestens 100 Pferde gab es hier am Hamburger Stadtrand. Und ebenso viele Kühe, Bullen, Schafe. Dazu sicher einige dutzende Rehe und Hirsche. Ziemlich krank von ihr zu glauben, dass ausgerechnet Rocky . . .
Jetzt musste sie lachen. Zu komisch, wie Bruno Weiß fortwährend nach den Mücken-Schwärmen vor seiner Nase schlug.
»Ich glaube, die stehen auf Feuerwehr-Blut«, seufzte er. »Hoffentlich meldet sich Benno bald über die Florentine.«
Conny machte große Augen.
»Florentine? Wer ist das denn?«
B. Weiß zeigte auf das Funkgerät, das er gerade an Bruder Achim weitergab, um an seinen Mückenstichen kratzen zu können.
»Das ist der Funkrufname dieser Geräte bei der Feuerwehr.« Als ob das schwarze Gerät nur auf das Stichwort gewartet hätte, schnarrte es plötzlich los: »Florentine Großmoorstedt Wassertrupp von Florentine Großmoorstedt Wehrführer – kommen.«
A. Weiß drückte die Sprechtaste. Aufgeregt rutschte Conny näher an ihn heran, um nichts zu verpassen.

»Hier Florentine Großmoorstedt Wassertrupp. Was gibt es, Benno?«
»Tier gesichtet. Durch Sträucher verdeckt. Wir vermuten Pferd. Fahrt weiter östlich und versucht, es Richtung Birkenweg zu treiben. In diesem tiefen Wasser kriegen wir es nicht zu fassen.«
»Verstanden. Wir fahren weiter östlich.«
»Haltet mich auf dem Laufenden. Ende.«
Noch während Benno antwortete, änderte B. Weiß die Richtung.
»Ein Pferd. Ausgerechnet«, murmelte er. »Hoffentlich übernehmen die Kollegen die Rettung.« B. Weiß hatte nämlich großen Respekt vor Pferden. Angst wäre vielleicht etwas zu viel gesagt.
Conny sprang auf und beugte sich über den Bug, um weiter nach vorn spähen zu können.
»Setz dich hin«, sagte B. Weiß streng und tippte sie mit dem Paddel an. »Sonst liegst du gleich in der Brühe und wir müssen erst mal dich retten.«
Conny verschluckte sich fast, so aufgeregt war sie.
Wo schwamm dieses Pferd? Warum sah man keine Bewegung? Ruhig und still lag das Wasser vor ihr. Grüne Baumkronen ragten malerisch heraus. Eine trügerische Idylle! In der Wasserfalle kämpfte ein Pferd ums Überleben ...
Nervös drehte Conny ein paar blonde Haare um ihren Zeigefinger, bis der blau anlief und schmerzte. Sie ließ die Strähne los und schickte ein Stoßgebet zum Himmel: »Bitte, lass es nicht Rocky sein.«

Knisternde Spannung lag in der Luft. Conny ergänzte ihr Gebet.
»Egal, was für ein Pferd es ist, lass ihm nichts zustoßen.«
Endlich! Das Funkgerät! Benno meldete sich wieder.
»Eindeutig ein Pferd. Braun oder schwarz. Schwimmt in eure Richtung. Ihr müsstet es gleich sehen.«
Conny hielt die Luft an. Wenn sie völlig mit dem Atmen aufhörte, bis das Pferd vor ihnen auftauchte, war es nicht Rocky. Ein Schicksalstest.
Aufgeregt zeigte A. Weiß auf die Reihe mit niedrigen Birken und Holunderbüschen, während er das Funkgerät an die Lippen hielt.
»Ja! Wir haben Sichtkontakt.«
Conny vergaß ihren Schicksalstest und riss B. Weiß das Fernglas aus der Hand.
»Wo?«
»Hinter der Holunder-Gruppe.«
Da! Ein angsterfülltes Wiehern zerriss die Stille.
Mit fliegenden Fingern stellte Conny die Schärfe richtig ein. Und dann . . . vor der Linse erschien der Kopf eines Pferdes. Nur von hinten zu erkennen. Es war schwarz. Durch die nasse, zerzauste Mähne sah man den Riemen eines roten Halfters.
»Rocky«, schrie sie auf. »Es ist Rocky. Oh Gott!«
Connys Herz klopfte wie wild.
Die ganze Zeit hatte sie befürchtet, dass es Rocky war! Dieses ungute Gefühl, das sie beschlichen hatte. Die böse Ahnung hatte sie nicht getäuscht. Conny stockte

der Atem, als sie Rocky um sein Leben schwimmen sah.

Die Stimme von Wehrführer Benno krächzte im Funkgerät.

»Treibt das Pferd langsam zu Löwes Garten. Der liegt am höchsten. Ende.«

A. Weiß hatte während des Funkspruchs aus Connys Aufschrei geschlossen, dass das Pferd zum Reiterhof Birkenhain gehörte. Beruhigend legte er ihr die Hand auf den Arm. »Wir schaffen das. Und wenn ich Rocky persönlich abschleppen muss. Ich kann das, ich bin DLRG-Schwimmer, weißt du.«

Natürlich war es vermessen anzunehmen, dass ein Schwimmer, selbst ein einmeterneunzig großer wie A. Weiß, ein Pferd auf den Rücken drehen, an den Vorderbeinen packen und abschleppen konnte. Aber Conny sah ihn dankbar für die Aufmunterung an und versuchte ein zaghaftes Lächeln.

Das rote Schlauchboot wurde so gesteuert, dass Rocky zum flacheren Wasser schwimmen musste.

»Vorsichtig, langsam, langsam. Paddel nur flach eintauchen.«

Ruhig und überlegt erteilte A. Weiß die Kommandos. Das Pferd sollte sich nicht noch zusätzlich aufregen.

Trotzdem hatte Rocky gewaltige Angst und strampelte wie wild. Immer wieder versuchte er Grund unter den Beinen zu finden. Doch seine Hufe fanden keinen Halt auf dem rutschigen Boden. Bei jedem Versuch zu stehen

sackte das Pferd ein. Dann riss es wiehernd den Kopf hoch, strampelte sich frei und schwamm mit unglaublicher Anstrengung weiter.
Conny biss sich auf die Lippen, bis sie bluteten. Rockys Wiehern klang wie »Helft mir doch!«. Sein Hilferuf ging ihr durch und durch. Wenn sie doch nur etwas tun könnte!
Hoffentlich verließen ihn nicht die Kräfte! Noch hundert Meter bis zu Löwes Garten. Von weitem sah man, wie sich dort viele Menschen versammelten.
»Hoffentlich gerät dein Rocky nicht in den Graben vor Löwes Garten«, sagte A. Weiß zu Conny und holte sein Paddel ein.
»Dann steckt er nämlich im Schlamm fest und wir müssen ihn mit Schläuchen herausziehen.«
Kaum hatte er zu Ende gesprochen, war seine Befürchtung schon wahr geworden. Von einer Sekunde zur anderen sackte Rocky mit dem Hinterteil ein.
»Nein«, schrie Conny entsetzt und riss die Arme hoch. Jetzt versank Rocky auch mit den Vorderbeinen. Noch einmal konnte er sich befreien, sackte aber kurz darauf wieder bis zum Bauch ein. Mit halbem Ohr hörte Conny Bennos Funkspruch an den Einsatzwagen auf dem Hof: »Zwei B-Schläuche zum Grundstück Löwe am Birkenweg. Wir brauchen ca. 20 Mann für die Pferderettung. Ende.«
Dann legte ihr Boot an. Benno war schon da.
Zwei rote, flache Schläuche, so breit wie Bücher, liegen

teilweise ausgerollt im Garten. Bereit für Rockys Rettung. Zwanzig Meter misst jeder. Die breiten Schläuche müssen unter dem Pferdebauch durchgeschoben werden. An den herausragenden Teilen wird dann gezogen. Zwanzig Mann sind nötig, um ein Pferd von der Stelle zu bewegen.

Connys Beine zittern, als sie vor Löwes Grundstück aus dem Boot springt und durch das knietiefe Wasser zu den anderen läuft. Sie sieht, wie Benno mit den Schläuchen zu Rocky durchs Wasser watet. Seine Kameraden sichern ihn vom Garten aus mit einer Fangleine – falls auch er im Morast einsackt.

Conny atmet auf. Jetzt wird alles gut!

Aber Rocky lässt niemanden an sich heran.

Woher soll der Traber wissen, dass der kleine Feuerwehrmann, der immer näher kommt, ihm helfen will? Panik steht in Rockys aufgerissenen Augen. Seine Vorderbeine hat er befreien können, aber sein Hinterteil steckt noch im Schlamm fest.

In Todesangst schlägt das Pferd mit den Vorderhufen um sich. Schmutziges Wasser und Schlamm spritzen nach allen Seiten. Benno bleibt stehen und redet beruhigend auf das Tier ein. Allein schafft er es nicht, das steht fest. Er guckt auf seine Handschuhe und denkt an die Verletzungen darunter.

»Ich helfe mit«, ruft Conny und will zu Rocky ins Wasser.

»Untersteh dich!« Energisch winkt Benno sie zurück

und wischt sich Schlammspritzer aus dem Gesicht. »Du sinkst sofort ein. Da müssen zwei von uns her. Zwei Große.«
»Okay, ich gehe.«
A. Weiß lässt sich die Fangleine um die Brust legen und stößt seinen Bruder in die Seite. »Was ist, Bruno?«
B. Weiß überlegt für Sekunden. Er kämpft lieber mit Flammen als mit wilden Pferden, aber . . . er nickt entschlossen und legt sich ebenfalls eine Sicherheitsleine an.
Mehr als 30 Menschen drängen sich in Löwes Garten. Ein paar Reitermädchen rennen atemlos herbei. Luisa ist auch darunter. Auf dem Heimweg haben sie alle von Rockys Horror-Trip gehört.
Vorsichtig gehen A. und B. Weiß auf Rocky zu. Wie von Sinnen schlägt das Pferd um sich. Die schwarzen Uniformjacken sind sofort von oben bis unten schlammbespritzt.
Da! Jetzt sinkt Rocky wieder mit den Vorderbeinen ein und ist völlig hilflos.
Sofort ist A. Weiß zur Stelle.
Er schiebt beide Schläuche unter Rockys Bauch durch, geschickt und schnell. B. Weiß nimmt die Enden in Empfang. Die anderen Helfer kommen heran und verteilen sich. Immer fünf an einem Schlauchstück.
»Alles hört auf mein Kommando.« Die Stimme von Wehrführer Benno gellt über das Einsatzgebiet. Er hebt den Arm.

»Hau ruck ... hau ruck ... hau ruck.«
Mit vereinten Kräften ziehen die Männer das Pferd ein Stück vorwärts. Die Zuschauer wippen bei jedem Kommando vor und zurück, helfen in Gedanken mit. Rocky steckt noch mit den Hinterbeinen fest. Er strampelt um sein Leben.
»Hau ruck ... hau ruck.«
Jetzt, jetzt klappt es. Noch ein Ruck – und Rocky steht in Löwes Garten. Auf festem Grund.
Rettung in letzter Minute!
Die Feuerwehrleute sind stolz auf ihre Leistung, zu Recht, und klopfen sich gegenseitig auf die Schultern. Gemeinsam räumen sie die Schläuche weg.
Das ehemals schwarze Pferd sieht aus wie ein großer, grauer Klumpen Morast. Conny ist das gleichgültig. Sie rennt zu ihrem Rocky und fällt ihm um den Hals, schlammverschmiert wie er ist. Sie schämt sich nicht, dass Tränen über ihr Gesicht laufen, vor all den Menschen.
Und Rocky? Der steht nur unbeweglich da, völlig abgekämpft. Sein Atem geht schnell und keuchend. Er senkt den Kopf und linst erschöpft zu den vielen Leuten hoch, die ihn umringen. Was seine Augen sagen, verstehen sie alle: *»Ich wollte doch nur nach Hause ...* «

Später abends – Dr. Teichmüller hatte Rocky mit Aufbaumitteln versorgt und Kai Jensen war vom Schmied zurückgekehrt – wurde bei Löwes Kriegsrat gehalten.

Man traf sich auf Dankwarts Garage. Das Flachdach war ein beliebter Treffpunkt geworden. Löwes Leiter, die früher jeden Abend weggestellt wurde, blieb nun ständig an der Wand stehen.
Rocky schlief in Dankwarts Geräteschuppen, in dem noch das Stroh vom Rehbesuch lag.
Connys Vorhersage war richtig gewesen. Rocky hatte Heimweh gehabt. Und nun? Sollte er zurück ins Museumsdorf?
»Der Kerl bringt es fertig und rennt ein zweites Mal weg«, befürchtete Kai Jensen. »Dann erleben wir die Rocky-Horror-Show noch einmal. Aber ich kann ihn nicht bei uns im Stall lassen! In die Boxen kann jederzeit Wasser laufen.«
Sie überlegten alle Möglichkeiten, den Traber auf dem Reiterhof unterzubringen. Vielleicht in einer Behelfsbox vor dem Stall? Auf dem Parkplatz? Dort war kaum Wasser hingekommen. Natürlich müsste man ein Pferd zur Gesellschaft dazuholen. Allein rastete jedes Pferd leicht aus, Rocky sowieso. Ideal war der Parkplatz nicht.
Jeder Einzelne zermartete sich den Kopf, starrte in die aufziehende Dämmerung oder ließ den Blick über Löwes Garten hinüber zum Reiterhof schweifen.
Dabei kam Tierarzt Theo Teichmüller auf eine Idee, die alle großartig fanden.
Alle, bis auf Dankwart und Wilma Löwe. »Nein, nicht schon wieder wir«, wehrte Dankwart entschieden ab.

Und Wilma sagte: »Denkt daran, dass ich ein Baby erwarte. Jede Aufregung ist da Gift.«
Aber Conny war Feuer und Flamme von der Idee und sie redete so lange auf die beiden ein, bis sie heiser war. Löwes gaben erschöpft nach.
»Vor allem«, sagte Conny, »weiß man ja, dass Kinder vertraute Geräusche lieben, die sie schon im Bauch der Mutter gehört haben. Also in diesem Fall Wiehern und Schnauben. Euer Baby hat dann später nie Angst vor Pferden. Ist das nicht eine Hammer-Nachricht?«
Connys Hammer-Nachricht und Theos Idee sahen Folgendes vor: Rocky sollte Unterschlupf in Löwes Garten finden. Von dort sah er auf den Reiterhof hinüber und konnte sich wie zu Hause fühlen.
Dankwart musste schnell sein Gartenhaus in der Mitte teilen, damit zwei Boxen entstanden. Der gutmütige, verträgliche Friese Ankum sollte zurückgeholt werden – als Gesellschaft für Rocky.
Alles das passierte noch an diesem Abend.
Die beiden Pferde begrüßten sich mit rührender Freude. Hingebungsvoll beknabberten sie sich gegenseitig die Mähne über die Trennstange im Schuppen hinweg. Rocky war nach Theos Spritze fast wieder der alte.
Am nächsten Morgen ließ Wilma Löwe die beiden Pferde frei durch den Garten spazieren.
Das war etwas nach ihrem Geschmack! Rocky und Ankum stromerten in jeder Ecke herum, steckten ihre Köpfe in den Mülleimer und prusteten in den Meerschwein-

»Das Hochwasser hat auch seine guten Seiten«, sagte Dr. Völker. »Ich muss den Rasen nicht mähen.«
Connys Vater war mit einigen Freunden aus seiner Umweltgruppe gekommen. Sie brachten Unterschriftenlisten mit. Mehr als fünfhundert Großmoorstedter hatten sich schon eingetragen. Das Ziel: Der Lottbach sollte sein altes Flussbett zurückbekommen, um Hochwasser künftig zu verhindern. Die Chancen dafür standen gut.
Bastian hockte eingekeilt zwischen zehn Reitermädchen auf der Bank. Jule, Conny und Luisa waren natürlich dabei. Heiße Würstchen wurden weitergegeben, saftige Grilltomaten und gegrilltes Weißbrot.
Auch die Nervis saßen am Tisch.
Ja, alle drei. Sogar Imke Zavelstein mit Gipsbein. Sie wollte sich die Chance nicht entgehen lassen, A. Weiß noch einmal anzubaggern. Mit vereinten Kräften hatte man das Mädchen über die Leiter nach oben geschafft.
Großzügig bot Jule an, sich in den nächsten Wochen um Imkes Holsteiner Wallach zu kümmern. »Das heißt – wenn es deswegen keinen Stress mit meinem Eltern gibt.«
Imke hatte so viel Anstand, Jule eine Schachtel Knabbergebäck mitzubringen. »Weil du Deichgraf in der Klinik besucht hast«, sagte sie. Es fiel ihr sichtlich schwer, sich bei ihrer Erzfeindin zu bedanken. Aber es war gut, dass sie daran dachte. Denn einige Wochen später würde sie Jules Hilfe noch sehr gut brauchen können.
Plötzlich ein Scheppern!

chen-Käfig auf der Terrasse. Beim ersten Mal erschraken die Meerschweinchen fürchterlich. Beim zweiten Mal schon weniger. Beim dritten Besuch reckten sie ihre Nasen hoch und beschnüffelten die Pferdeköpfe.
Traber und Friese benahmen sich, als seien sie auf dem Grundstück groß geworden. Jeder Fußgänger am Birkenweg wurde neugierig beäugt. Selbstverständlich trabten Rocky und Ankum auch zur Pforte, als die Postbotin dort ihr Rad abstellte. Die erschrak bis ins Mark, als zwei schwarze Pferdeköpfe um die Ecke guckten.
Zurück in der Postfiliale stellte die Briefträgerin einen Antrag. Sie wollte wegen »Gefährdung für Leib und Leben« Löwes Garten nie mehr betreten. Und keinen einzigen Brief mehr in den Kasten werfen. Nicht einmal eine Postkarte. Und das nur, weil Rocky ihr die Jackentasche abgerissen hatte, in der Leckerlis für bissige Hunde steckten.
Der Leiter der Filiale schrieb an Löwes, sie sollten ihre Post gefälligst selbst abholen. *Die Zustellung der zustellungspflichtigen Briefsendungen sei der Zustellerin nicht zuzumuten, da sich auf dem Grundstück Mördertiere befänden.* So direkt schrieb er es nicht, aber ungefähr.

Das Post-Problem erledigte sich von allein.
Während Löwes noch grübelten, wie sie den Post-Filialleiter versöhnen könnten, klingelte Bastian Sturm an ihrer Haustür.
Hinter ihm drängten sich Rocky und Ankum auf dem

Treppenabsatz. Am liebsten wären sie wohl mit zur Tür hochgestiegen. Doch ein großer Haufen Feldsteine hielt sie zurück. Solche Pferde-Barrieren hatte Dankwart klugerweise vor die Treppe und rund um seine Blumenbeete geschichtet.
Als Wilma öffnete, strahlte Bastian übers ganze Gesicht. Er hielt Frau Löwe seinen Fotoapparat unter die Nase und sprudelte gleich los: »Was glauben Sie, was für Hammer-Aufnahmen da drauf sind?«
»Pferde«, sagte Wilma Löwe trocken. »Oder ich esse einen Besen. Nein – besser ein Schlauchboot mit Besatzung.« Sie zog das T-Shirt zurecht, das Bastian ihr vorgestern geschenkt hatte. Auf ihrem Baby-Bauch graste Sally.
Bastian grinste. »Guten Appetit. Nein, Frau Löwe – Weidepfosten sind drauf. Und wissen Sie, warum?«
»Vielleicht . . . willst du bei einem Preisausschreiben mitmachen? Bei dem die nassesten Zaunpflöcke in Hamburg gesucht werden?«
»Viel besser.« Verschwörerisch beugte Bastian sich vor. »An jedem Holzpfosten ist ein breiter, schmutziger Rand zu sehen. Na . . . Meldung verarbeitet?«
»Nein, absolut nicht.«
Dankwart Löwe erschien in der Tür. »Kann mir jemand erklären, was hier los ist?«
»Das – Wasser – fällt!«
Bastian schrie jedes Wort einzeln hinaus. Dann packte er Wilma lachend bei den Schultern. »Das sieht man an

den Dreckstreifen am Holz, Frau Löwe. Sagt die Feuerwehr. Die Pferde können bald zurück, meint Herr Jensen.«
Wilma sah ihren Mann an. »Dann findet auf der Garage heute wohl eine große Party statt? Die Hochwasser-Happy-End-Fete? Was meinst du, Dankwart?«
Weil Rocky und Ankum zustimmend schnaubten und mit den Hufen scharrten, sagte Dankwart, da könne er wohl kein Spielverderber sein.

Die HHEF (Hochwasser-Happy-End-Fete) fand im Schein der Lichtmasten statt, die der Feuerwehrwagen auf Dankwarts Garage richtete.
Benno meinte, seine Leute müssten unbedingt dabei sein. Nicht wegen der Grillwürstchen (deswegen natürlich in erster Linie), sondern weil er jede Minute damit rechnete, dass das Flachdach einbrach. Die Befürchtung war nicht dumm, denn das Garagendach war sicher nicht für über 30 Menschen gebaut. So viele quetschten sich aber im Moment darauf.
Am Fuß der Garage lungerten Rocky und Ankum. Die beiden lugten immer wieder nach oben. Man sah deutlich, was in den Pferdeköpfen vorging – waren sie nicht die Hauptdarsteller bei der Überschwemmung gewesen? Warum durften sie dann nicht mitfeiern? Schließlich waren alle anderen auch da! Die Feuerwehrgruppe, Kai Jensen und Axel Rakete, Dr. Teichmüller und Dr. Völker.

Conny, Jule und Bastian sprangen auf und sahen vorsichtig über den Rand des Daches nach unten. Imke humpelte hinterher. Die Leiter! Sie lag flach auf dem Boden, umgekippt.
»Na super! Dann muss ich wohl springen.« Imke verzog das Gesicht.
»A. Weiß kann dich ja auffangen«, lästerte Jule.
»Und dich wohl Bastian?«, gab Imke schlagfertig zurück.
Bastian lachte. »Wir springen natürlich gemeinsam.« Ehe Jule sich versah, nahm er sie probeweise auf den Arm.
»Bastian, Mann! Hör auf.«
Jule beeilte sich, von Bastians Arm herunterzukommen. Obwohl sie es gleichzeitig extrem bedauerte. Aber vor den anderen – peinlich!
Sie kniete sich an die Kante und schimpfte mit Rocky und Ankum, die neben der umgestoßenen Leiter standen.
»Ihr seid ganz schön frech«, sagte Jule. »Wie sollen wir denn jetzt herunterkommen?«
Die vierbeinigen Tatverdächtigen starrten vorwurfsvoll nach oben. Die Pferde wirkten kein bisschen schuldbewusst. Sie interessierten sich nur für eins – fürs Fressen. Kein Wunder, Connys Möhrenbeutel lag gut sichtbar auf dem Dach.
Rocky stellte sich auf die Hinterbeine und machte Männchen wie ein Hund.

Conny holte zwei Möhren aus ihrem Beutel, legte sich flach aufs Dach und hielt sie nach unten. Sie machte sich lang, aber Rocky erhaschte die Möhren nicht. Jule legte sich daneben, schob sich noch weiter an die Kante vor – aber auch ihre Arme waren nicht lang genug.
Unwillig schnaubend ließ Rocky sich wieder auf alle viere fallen.
»Wirf die Möhren doch einfach hinunter«, sagte Imke.
Jule tippte sich auf die Stirn. »In den Dreck da unten? Du spinnst wohl.«
Jule überlegte. Ihr Blick fiel auf Imkes Gipsbein.
»Du hast noch etwas gut zu machen, Zavelstein«, sagte sie und warf einen abschätzenden Blick auf das fröhliche Durcheinander auf den Bänken. Alle waren beschäftigt!
Die Mädchen steckten tuschelnd die Köpfe zusammen. Bastian stand Schmiere. Bald hörte man außer dem Stimmengewirr am Tisch noch etwas von unten – das Knacken von Möhren. Ein Geräusch, das jeden Stallbesitzer hellhörig macht.
Prompt erschien Kai Jensen und sah nach dem Rechten. »Ich sehe wohl nicht richtig?«, sagte er mit mühsam unterdrücktem Lachen. »Hier ist doch kein Zirkus.«
Aber dann konnte er sein Lachen nicht mehr zurückhalten. Neugierig standen die anderen auf und wollten sehen, was an Dankwarts Dachkante so komisch war.
Was hatten die Mädchen sich ausgedacht?
Imke Zavelstein saß am äußersten Rand des Flachdachs. Ihre Beine baumelten über den Rand hinab. Festgekno-

tet an ihrem Gips hingen Bänder mit angebundenen Möhren. Mit vereinten Kräften wurde Imke von Conny und Jule festgehalten.
Unten an der Garage reckten die Pferde ihre Köpfe hoch und bissen Möhre für Möhre mit kräftigem Ruck ab.
»Soll dein Bein noch einmal brechen?«, fragte Kai Jensen und zog Imke aus der Gefahrenzone.
Kopfschüttelnd setzte er sich wieder zu den Feuerwehrmännern. »Nur gut, dass wir nicht jeden Sommer Hochwasser im Stall haben. Sonst würden gewisse Mädchen sich um Kopf und Kragen bringen. Ich denke da an Luisa, Conny, Jule, Imke ... «
Imke kicherte und sah A. Weiß mit blitzenden Augen an. »Sie würden uns doch jederzeit retten, stimmt's?«
Der Feuerwehrmann reckte den Daumen hoch.
»Das geht in Ordnung.«

REITERHOF BIRKENHAIN

Margot Berger

Aufregung im Stall

Band 1

Wiedereröffnung des Reiterhofs! Nach dem Umbau soll er am 1. Mai den Besuchern vorgestellt werden. Ganz früh sind die Pferde-Fans Conny, Luisa und Jule im Stall, um alles vorzubereiten – Pferde füttern, putzen und einflechten für die Darbietungen.

Schon bei den Reitvorführungen mit den Schulpferden gibt es einige Überraschungen, als etwa die Mädchen der Konkurrenzclique, die ihre Privatpferde auch im Stall stehen haben, die Schulpferde zum Scheuen bringen.

Die große Überraschung wartet aber noch auf Conny und ihre Freundinnen: Zwei neue Fjordpferde, Ole und Kalle, kommen als Schulpferde in den Stall. Reitlehrer Jensen erkennt bereits beim Ausladen, welch eigensinniger Bursche Kalle ist, und das beweist das kleine Pferd an diesem Tag noch zur Genüge!

144 Seiten. Taschenbuch-Band 1970. Ab 10

Arena

REITERHOF BIRKENHAIN

Margot Berger

Großer Auftritt für Sally

Band 2

Spannend: Auf dem Reiterhof soll ein Werbespot mit den Pferden gedreht werden. Beim Filmen passiert ständig etwas Neues – erst bringt Kalle, das wilde Fjordpferd, alles durcheinander, dann brüten Kraniche am ausgewählten Drehort und ein klasse Junge erscheint auf der Bildfläche. Endlich scheint Ruhe einzukehren – da beginnt der Traber Rocky fürchterlich zu lahmen. Conny fürchtet, dass ein Bein gebrochen ist. Eil-Einsatz für den Tierarzt! Schließlich hat der Hauptdarsteller auch noch Angst, mit der Holsteiner Stute Sally über einen Wall zu springen. Aber Jule könnte es... Bekommt sie die Chance, den Sprung mit Sally zu zeigen?

144 Seiten. Taschenbuch-Band 1971. Ab 10

Arena

REITERHOF BIRKENHAIN

Margot Berger

**SOS –
Pferd verschwunden**

Band 3

Stallverbot für Jule! Ihre Eltern wollen sie nicht mehr zu Sally lassen, ihrem Lieblingschulpferd. Doch Jule ist die Einzige, die gut mit der Holsteiner Stute umgehen kann. Sie sieht nur einen Ausweg – Flucht mit Sally. Jule verkriecht sich in einer Holzhütte auf ihrer Geheimwiese. Auf dem Reiterhof löst das verschwundene Paar eine Riesenaufregung aus. Jules Stallfreunde Conny, Luisa und Bastian reiten mit Stallbesitzer Jensen aufregende Sucheinsätze. Schließlich wird die Polizei alarmiert, werden Rundfunk und Zeitungen eingeschaltet. Aber Jule und Sally bleiben wie vom Erdboden verschluckt.

144 Seiten. Taschenbuch-Band 1972. Ab 10

Arena

REITERHOF BIRKENHAIN

Margot Berger

Ein starkes Team

Band 4

Katastrophe auf dem Reiterhof? Stallbesitzer Jensen fällt von der Leiter und kommt ins Krankenhaus. Wer soll jetzt die Pferde versorgen? Die Mädchen natürlich! Endlich können Conny, Jule und Luisa beweisen, dass sie ein starkes Team sind. Noch vor der Schule füttern sie die Pferde. Zuerst klappt die Stallarbeit ohne Probleme, doch dann droht das Heu auf dem Dachboden Feuer zu fangen. Die Mädchen bekommen das Problem schnell in den Griff. Trotzdem scheint ihr Einsatz doch noch zu scheitern – weil Erwachsene sich über die »Kinderarbeit« beschweren. Da kommt unerwartet Hilfe. Ausgerechnet von Jules Mathelehrer!

144 Seiten. Taschenbuch-Band 1973. Ab 10

Arena

REITERHOF BIRKENHAIN

Margot Berger

Sturmnacht am Meer

Band 5

Gemeinsame Ferien auf einem Reiterhof – das ist der sehnlichste Wunsch der drei Freundinnen Jule, Conny und Luisa. Und endlich geht der Traum in Erfüllung!
Reitlehrer Kai Jensen, Besitzer des Reiterhofs Birkenhain, fährt die drei auf einen Ponyhof am Meer. Im gemütlichen Bauernhaus hinterm Deich herrscht eine Superstimmung. Doch die unbeschwerte Fröhlichkeit schlägt in helle Aufregung um, als die Fjordpferde in einer Sturmnacht plötzlich in Gefahr geraten.

144 Seiten. Taschenbuch-Band 1974. Ab 10

Arena

chen-Käfig auf der Terrasse. Beim ersten Mal erschraken die Meerschweinchen fürchterlich. Beim zweiten Mal schon weniger. Beim dritten Besuch reckten sie ihre Nasen hoch und beschnüffelten die Pferdeköpfe.
Traber und Friese benahmen sich, als seien sie auf dem Grundstück groß geworden. Jeder Fußgänger am Birkenweg wurde neugierig beäugt. Selbstverständlich trabten Rocky und Ankum auch zur Pforte, als die Postbotin dort ihr Rad abstellte. Die erschrak bis ins Mark, als zwei schwarze Pferdeköpfe um die Ecke guckten.
Zurück in der Postfiliale stellte die Briefträgerin einen Antrag. Sie wollte wegen »Gefährdung für Leib und Leben« Löwes Garten nie mehr betreten. Und keinen einzigen Brief mehr in den Kasten werfen. Nicht einmal eine Postkarte. Und das nur, weil Rocky ihr die Jackentasche abgerissen hatte, in der Leckerlis für bissige Hunde steckten.
Der Leiter der Filiale schrieb an Löwes, sie sollten ihre Post gefälligst selbst abholen. *Die Zustellung der zustellungspflichtigen Briefsendungen sei der Zustellerin nicht zuzumuten, da sich auf dem Grundstück Mördertiere befänden.* So direkt schrieb er es nicht, aber ungefähr.

Das Post-Problem erledigte sich von allein.
Während Löwes noch grübelten, wie sie den Post-Filialleiter versöhnen könnten, klingelte Bastian Sturm an ihrer Haustür.
Hinter ihm drängten sich Rocky und Ankum auf dem

Treppenabsatz. Am liebsten wären sie wohl mit zur Tür hochgestiegen. Doch ein großer Haufen Feldsteine hielt sie zurück. Solche Pferde-Barrieren hatte Dankwart klugerweise vor die Treppe und rund um seine Blumenbeete geschichtet.

Als Wilma öffnete, strahlte Bastian übers ganze Gesicht. Er hielt Frau Löwe seinen Fotoapparat unter die Nase und sprudelte gleich los: »Was glauben Sie, was für Hammer-Aufnahmen da drauf sind?«

»Pferde«, sagte Wilma Löwe trocken. »Oder ich esse einen Besen. Nein – besser ein Schlauchboot mit Besatzung.« Sie zog das T-Shirt zurecht, das Bastian ihr vorgestern geschenkt hatte. Auf ihrem Baby-Bauch graste Sally.

Bastian grinste. »Guten Appetit. Nein, Frau Löwe – Weidepfosten sind drauf. Und wissen Sie, warum?«

»Vielleicht . . . willst du bei einem Preisausschreiben mitmachen? Bei dem die nassesten Zaunpflöcke in Hamburg gesucht werden?«

»Viel besser.« Verschwörerisch beugte Bastian sich vor. »An jedem Holzpfosten ist ein breiter, schmutziger Rand zu sehen. Na . . . Meldung verarbeitet?«

»Nein, absolut nicht.«

Dankwart Löwe erschien in der Tür. »Kann mir jemand erklären, was hier los ist?«

»Das – Wasser – fällt!«

Bastian schrie jedes Wort einzeln hinaus. Dann packte er Wilma lachend bei den Schultern. »Das sieht man an

den Dreckstreifen am Holz, Frau Löwe. Sagt die Feuerwehr. Die Pferde können bald zurück, meint Herr Jensen.«
Wilma sah ihren Mann an. »Dann findet auf der Garage heute wohl eine große Party statt? Die Hochwasser-Happy-End-Fete? Was meinst du, Dankwart?«
Weil Rocky und Ankum zustimmend schnaubten und mit den Hufen scharrten, sagte Dankwart, da könne er wohl kein Spielverderber sein.

Die HHEF (Hochwasser-Happy-End-Fete) fand im Schein der Lichtmasten statt, die der Feuerwehrwagen auf Dankwarts Garage richtete.
Benno meinte, seine Leute müssten unbedingt dabei sein. Nicht wegen der Grillwürstchen (deswegen natürlich in erster Linie), sondern weil er jede Minute damit rechnete, dass das Flachdach einbrach. Die Befürchtung war nicht dumm, denn das Garagendach war sicher nicht für über 30 Menschen gebaut. So viele quetschten sich aber im Moment darauf.
Am Fuß der Garage lungerten Rocky und Ankum. Die beiden lugten immer wieder nach oben. Man sah deutlich, was in den Pferdeköpfen vorging – waren sie nicht die Hauptdarsteller bei der Überschwemmung gewesen? Warum durften sie dann nicht mitfeiern? Schließlich waren alle anderen auch da! Die Feuerwehrgruppe, Kai Jensen und Axel Rakete, Dr. Teichmüller und Dr. Völker.

»Das Hochwasser hat auch seine guten Seiten«, sagte Dr. Völker. »Ich muss den Rasen nicht mähen.«
Connys Vater war mit einigen Freunden aus seiner Umweltgruppe gekommen. Sie brachten Unterschriftenlisten mit. Mehr als fünfhundert Großmoorstedter hatten sich schon eingetragen. Das Ziel: Der Lottbach sollte sein altes Flussbett zurückbekommen, um Hochwasser künftig zu verhindern. Die Chancen dafür standen gut.
Bastian hockte eingekeilt zwischen zehn Reitermädchen auf der Bank. Jule, Conny und Luisa waren natürlich dabei. Heiße Würstchen wurden weitergegeben, saftige Grilltomaten und gegrilltes Weißbrot.
Auch die Nervis saßen am Tisch.
Ja, alle drei. Sogar Imke Zavelstein mit Gipsbein. Sie wollte sich die Chance nicht entgehen lassen, A. Weiß noch einmal anzubaggern. Mit vereinten Kräften hatte man das Mädchen über die Leiter nach oben geschafft.
Großzügig bot Jule an, sich in den nächsten Wochen um Imkes Holsteiner Wallach zu kümmern. »Das heißt – wenn es deswegen keinen Stress mit meinem Eltern gibt.«
Imke hatte so viel Anstand, Jule eine Schachtel Knabbergebäck mitzubringen. »Weil du Deichgraf in der Klinik besucht hast«, sagte sie. Es fiel ihr sichtlich schwer, sich bei ihrer Erzfeindin zu bedanken. Aber es war gut, dass sie daran dachte. Denn einige Wochen später würde sie Jules Hilfe noch sehr gut brauchen können.
Plötzlich ein Scheppern!

Conny, Jule und Bastian sprangen auf und sahen vorsichtig über den Rand des Daches nach unten. Imke humpelte hinterher. Die Leiter! Sie lag flach auf dem Boden, umgekippt.
»Na super! Dann muss ich wohl springen.« Imke verzog das Gesicht.
»A. Weiß kann dich ja auffangen«, lästerte Jule.
»Und dich wohl Bastian?«, gab Imke schlagfertig zurück.
Bastian lachte. »Wir springen natürlich gemeinsam.« Ehe Jule sich versah, nahm er sie probeweise auf den Arm.
»Bastian, Mann! Hör auf.«
Jule beeilte sich, von Bastians Arm herunterzukommen. Obwohl sie es gleichzeitig extrem bedauerte. Aber vor den anderen – peinlich!
Sie kniete sich an die Kante und schimpfte mit Rocky und Ankum, die neben der umgestoßenen Leiter standen.
»Ihr seid ganz schön frech«, sagte Jule. »Wie sollen wir denn jetzt herunterkommen?«
Die vierbeinigen Tatverdächtigen starrten vorwurfsvoll nach oben. Die Pferde wirkten kein bisschen schuldbewusst. Sie interessierten sich nur für eins – fürs Fressen. Kein Wunder, Connys Möhrenbeutel lag gut sichtbar auf dem Dach.
Rocky stellte sich auf die Hinterbeine und machte Männchen wie ein Hund.

Conny holte zwei Möhren aus ihrem Beutel, legte sich flach aufs Dach und hielt sie nach unten. Sie machte sich lang, aber Rocky erhaschte die Möhren nicht. Jule legte sich daneben, schob sich noch weiter an die Kante vor – aber auch ihre Arme waren nicht lang genug.
Unwillig schnaubend ließ Rocky sich wieder auf alle viere fallen.
»Wirf die Möhren doch einfach hinunter«, sagte Imke.
Jule tippte sich auf die Stirn. »In den Dreck da unten? Du spinnst wohl.«
Jule überlegte. Ihr Blick fiel auf Imkes Gipsbein.
»Du hast noch etwas gut zu machen, Zavelstein«, sagte sie und warf einen abschätzenden Blick auf das fröhliche Durcheinander auf den Bänken. Alle waren beschäftigt!
Die Mädchen steckten tuschelnd die Köpfe zusammen. Bastian stand Schmiere. Bald hörte man außer dem Stimmengewirr am Tisch noch etwas von unten – das Knacken von Möhren. Ein Geräusch, das jeden Stallbesitzer hellhörig macht.
Prompt erschien Kai Jensen und sah nach dem Rechten. »Ich sehe wohl nicht richtig?«, sagte er mit mühsam unterdrücktem Lachen. »Hier ist doch kein Zirkus.«
Aber dann konnte er sein Lachen nicht mehr zurückhalten. Neugierig standen die anderen auf und wollten sehen, was an Dankwarts Dachkante so komisch war.
Was hatten die Mädchen sich ausgedacht?
Imke Zavelstein saß am äußersten Rand des Flachdachs. Ihre Beine baumelten über den Rand hinab. Festgekno-

tet an ihrem Gips hingen Bänder mit angebundenen Möhren. Mit vereinten Kräften wurde Imke von Conny und Jule festgehalten.
Unten an der Garage reckten die Pferde ihre Köpfe hoch und bissen Möhre für Möhre mit kräftigem Ruck ab.
»Soll dein Bein noch einmal brechen?«, fragte Kai Jensen und zog Imke aus der Gefahrenzone.
Kopfschüttelnd setzte er sich wieder zu den Feuerwehrmännern. »Nur gut, dass wir nicht jeden Sommer Hochwasser im Stall haben. Sonst würden gewisse Mädchen sich um Kopf und Kragen bringen. Ich denke da an Luisa, Conny, Jule, Imke . . . «
Imke kicherte und sah A. Weiß mit blitzenden Augen an. »Sie würden uns doch jederzeit retten, stimmt's?«
Der Feuerwehrmann reckte den Daumen hoch.
»Das geht in Ordnung.«

REITERHOF BIRKENHAIN

Margot Berger

Großer Auftritt für Sally

Band 2

Spannend: Auf dem Reiterhof soll ein Werbespot mit den Pferden gedreht werden. Beim Filmen passiert ständig etwas Neues – erst bringt Kalle, das wilde Fjordpferd, alles durcheinander, dann brüten Kraniche am ausgewählten Drehort und ein klasse Junge erscheint auf der Bildfläche. Endlich scheint Ruhe einzukehren – da beginnt der Traber Rocky fürchterlich zu lahmen. Conny fürchtet, dass ein Bein gebrochen ist. Eil-Einsatz für den Tierarzt! Schließlich hat der Hauptdarsteller auch noch Angst, mit der Holsteiner Stute Sally über einen Wall zu springen. Aber Jule könnte es… Bekommt sie die Chance, den Sprung mit Sally zu zeigen?

144 Seiten. Taschenbuch-Band 1971. Ab 10

Arena